2017 / 1

第三十七期

六口茶

执行主编 张执浩

汉诗 Chinese Poetry

長江出版傳媒 | 长江文艺出版社

汉诗

主　　编　邓一光

执行主编　张执浩

编　　辑　小　引

艾　先

林东林

编　　务　万启静

艺术总监　川　上

美术设计　杜　娟

封面设计　祁泽娟

根号二书籍设计工作室

法律顾问

金　岩（湖北今天律师事务所）

编者的话

对于写作者而言，顺应命运或许是他获取智慧的另外一种途径。顺应意味着接纳，也意味着充满。在我既有的人生观念中，没有哪一种生活不能散发出诗意的色彩，或激发起诗意的辉光来，活到尽头，诗性自现。这是因为，生而为人总不免挣扎，而通过挣扎传递出来的情状不仅真实，具体可感，而且充满了生命的韧性和对生命本身的敬重感。所以，我一直在强调，真正好的诗歌并不是刻意“写”出来，虽然为了迎迓她的出现，你必须不断地“写”，甚至必须把“写”这个动作本身当成是你在这个世界上唯一能够从事的正经事。真正的诗应该尽力撇清她与“写”之间的关系，以一种主动现身的方式来澄清我们周遭生活的杂芜和紊乱，达到近似于情景再现的效果，但又不止于情景再现，因为她每一次弥足珍贵的现身，都将修正我们既有的生活观念。

而作为一个写作者，如何在噪音纷呈的时代，确保自己依然拥有正常的听力，并不是一桩容易的事。更多的人生活在幻听幻象中而浑然不觉，更多的诗歌也已经背离了声音的初衷，加入到了争强斗狠之列。在这样的背景之下，一个诗人究竟该怎样开口说话？我曾在一篇短文里表达过我的想法，大意是：时代越是喧嚣，诗人越是应该轻言细语。当然，这只是一个姿态的问题，而核心问题在于，我们怎样才能保证自己的轻言细语同样充满对人世的洞见。在我看来，保持与时代的疏离感和保持与生活的亲近感，两者之间并不矛盾，真实的矛盾在于，你一方面想走到时代的前列去，另一方面又想躲在生活的背后。这种首鼠两端的尴尬撕裂了我们的写作，使我们作品发出的声音既怪异又惊悚。色厉内荏业已成为我们这个时代写作的通病，而克服这种通病的最好方法，就是让我们的肉身回到真实的生活现场，去无所保留地感受日常生活粗粝的磨损，以此重建我们与生活之间的友谊：不再是对生命意义粗暴的否定，也不再是对生活勉为其难的肯定，而是从这种友谊中获得人之为人的良善和本心。

目录

CONTENTS

Chinese Poetry

六口茶

2017·1

总第三十七期

开卷诗人
Open Page

诗选本
Selection

诗歌地理
Poets Geography

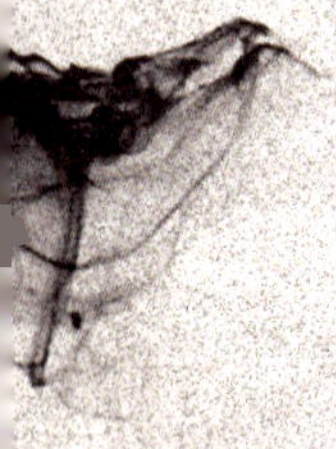

Chinese 汉诗 Poetry

开卷

Open Page

诗人

王天武 作品

康 雪 作品

WANG
TIANWU

王天武

作品

推荐语

王天武多年来一直以“扎西”之名行走于诗歌江湖，他早期的诗作隐忍，内敛，对自身的处境有过刻骨铭心的描述；而晚近的这批作品既保存了直锥人心的抒情特征，又将表层意义上的存在处境上升到了崭新的精神高度，感性与理性交融，和解与对抗共处，硬朗中不乏柔情，决绝中依然保持了一以贯之的自省。这是一位有着明确精神向度和诗学水准的诗人，值得推荐。

（张执浩）

王天武说：“诗，就是用自己的语言讲话。”这是一个准确清晰的判断。重点词是“自己”，它隐约包含了独立、对抗和不妥协的意味。我相信，王天武是一个善于在思辨中切入日常的诗人，如何把握两者之间的度，是考量一个诗人的标准之一。“他相信更唯心和更民主——”这似乎是一句箴言，但更像一个渴望，既表述了一个诗人的坚定之思，又描绘了一个诗人的迟疑之心。“多清净啊！将要出现的棋局，是从未有人走过的”。它彰显了一个诗人通过语言驾驭素材的能力，也恰当地体现出一个诗人敏锐的洞察力。厚重如俄罗斯的乌云，轻盈又如乌云下的燕子，这是我们共同的追求，近在眼前，远在天边。

（小引）

在网络诗歌早期便以各种名字行走于各大诗歌论坛的王天武，其中最广为人知的名字叫做扎西。作为混迹诗歌圈子的老同志，他一直显得低调，而且有点精神洁癖，这是不多见的。在可以选择融入和疏远时，他选择了疏远。体现在他写作中便是与他人的疏离以及悬置自我的快感。所以他能知道了事物的真相而不急于说出，只满足于与少数的人谈论。置身喧嚣的人世而安于淡然地活着，接受这世界的苟且的同时，也接受了自己对这苟且的苟且。在这种接受的过程中，所有的曾用名都消失了，只剩下现在的名字：王天武。

（艾先）

内宇宙
——致津渡

他相信更唯心和更民主——
在内宇宙的上空，
晚间一人向隅而立。

蝗虫的节日
——致许梦熊

蝗虫不会压抑自己。它们能完全放开，
并且进入彻头彻尾的快感中。
它们能飞得更远，繁殖更快，
在吃和交配中拥有自己的文明。

在这种快速发展的文明中，
我留下情感，
很遗憾留下情感。

这爱里也包括死亡
——致毛子

我突然明白世界就是男人和女人。
我爱它的情欲就是爱它的本质。
就是不抛弃它，也不用隐藏
对某个女人的喜爱，无论怎样，
它都先于我并爱我们。

我对它是冷冷一瞥，
还是静静地抽一支烟，
都没有分别。还是狂欢着进入。
还是我是另一个卡瓦菲斯，

都像树枝一样被它所爱，
这爱里也包括厌烦和善良。

树人兄

树人兄：孤独宜于作战。
今日之盛状，优于前朝，也已腐朽。
艺术史、赌博史、娼妓史、文祸史、汉奸史、
中国字体变迁史都已有人着手。
大众语问题已不是问题。
无声中国变身激情中国，教育当居首功。
兄之文章被请出讲堂，而优美散文，汗牛充栋，
排之即为国贼，可谓“美丽的良方”。
兄之子海婴近日辞世，兄可知否？
还有一些小事，如饮食、建筑、交通、环境、
法律，为保障正当舆论，不赘。

耶稣，你好

我知道我无权要求您。
瞧您面无血色，需要我们送去光辉。
每一天，每时每刻，
阳光落在您身上，从不出声。
沉默就像骨肉将我们连着，
就像大地的深度睡眠。您会赐下幸福吗？
我在这，哦，我在这
问候您，向着天空中的雾和薄霜，
向着冷气球。
如果我们能彼此看见，在人群骚动中，
我放下行李，
像基提先生走向他的一生。
向着斜坡路上照见的残雪。
在您命名的世界，我的心还有边际。

坟

最终它会保留，用它大师般的坟。
但这一个小得可怜，用新出生的土堆积，
还不明白永恒就是它。
就是它和几根骨头，
其余是灰烬，
和周围的几棵草的名字，
深思熟虑的阴影。

我房间的窗户

世上百万房间中的一间，
我只增加了几片玻璃。
如果它能打开什么奥秘，
或者你的思想都无法进入，
请原谅，这是一个古怪的原谅。

在石头上面我留下脚印。
在瓷砖和生活中我也留下了。
有一种能看见，有一种先前能看见，
后来隐藏了，仿佛离开它们
我去了另一处。

这是时间自己的语言。
它知道什么该抹去，什么该浸湿。
我站在窗前，
想到它后面也有水银，
有着驱使我们无法在场的命运。

青天之门

拾级而上
我看到一扇门，如果你能打开

我出生时的白云，已经老了
蛰伏在两边

我学习的古汉语没有屏蔽词
这样我们可以放心交流

你不会在说到某个名字时就突然无声
手像一条狗尾巴在摇啊摇

思想之痛

玉梅说：我们平凡得
就像晒在路边的布鞋

美伊说：我们每天都在做着毫无意义的事
甚至连目的也没有

我突然害怕她有思想：孩子
我怕你有思想

毁 诗

这几天，又有几首诗被他毁了。
那种瞬间的、突然涌上心头的喜悦
又变成磁力般的无奈。
而他的心还在雾中，还在对她深深眷恋：

“世间竟有如花瓣似的肌肤！”
突然有人问他：“你爱她吗？”
“我只爱我自己。”他下意识回答，
“我的短暂的人生，不会输出任何东西。”

小语种

卑鄙的小语种的使用者们
作为你们的同行，另一个小语种的使用者
你们的不屑将遭到惩罚
我无权要求你们不再使用汉语
我相信“恶”能使我们达到预期（效果）
如果你们能在“恶”中，在实践时保持公正
或者，能让你们的小语种保持沉默
躺在密室里，它将如大海深不可测

点 滴

今天，看着输液管里的血液
我突然明白倒流
后来，在点滴快结束时，药水
在滴斗里的声音清晰可辨，让我激动
语言跟不上这种声音
玉梅，万物都有归宿。药液在说它
流进我的血管里，它将知道血液是什么
它是什么
它和我的关系就像稚嫩的小叶子
挂满巨大的老树墩；像林中水滴
它想把我的血液改造成什么

松针回到时针

——致毛子

要找到时针。
要眼泪不要哭泣。
要在地上画圈，因为妈妈会来。
要像吉尔伯特在地上爬，
因为美智子的一根头发。
要声音，不要发出声音的器具。
要鳄梨树，不要梨。
要关闭在脑海之外的回来。
要时针找遍秒针

那些配得上不说的事物

——致毛子

从街上回来，我的腿上还有火花，
还在爬着，跳跃，向上烧。
我坐在电脑前，已经忘记这些。
我知道，我已经不是她的孩子了，
时间让我们互不相识。
如果她还活着，也是另一种活着，
很平淡，也很抽象。
死需要一具身体，活着要另一具。
我现在的冷漠
也需要一具。
我拍拍手，火花还在烧。
还在，妈妈，而这像虚无一样真实。

苦

——献给玉梅

在极度物质化的时代，
你不要学习如何聪明，
你的四周都是聪明的物质，
和贪婪的肉体。

虽然有例外。
你能做比上帝更好的人，而不是神。
尝试受各种苦。
身边没人的苦——
自由把它自己交给你，让你吃它的苦。

爱

我想起站在燃烧的甲板上
练习爱的男孩
维茨玛·贝尔瑟维卡关于爱的比喻
卡瓦菲斯从汽车的后视镜中看到的爱
是傍晚时的太阳
在他心中举起手——现在是傍晚
地球缓缓而行，请你让它进来

银色巨象

醒来时，看见她还在熟睡，
他就亲吻她。她闭着眼睛，
笑着说："我看见你骑着银色的巨象。"
他并不清楚银色巨象多大，多了不起，
但知道，自己正在成为依靠。
在这座城市，成为一个女人的依靠！

再喝一杯

他还想再喝一杯，最后一杯，
就结束了。电视中的情侣开始吵架，
比以往都激烈。他开着车，
亿万分子向两侧飞扬。
他突然想起昨日晚间他喝的酒，
再喝一杯会怎样？
他盯着前边的道路追问。
车轮子吱吱响着。路过一家蛋糕店的时候
他想到她身上的奶油味。
“我再也找不到这样的女孩了，
如果她离开我，我就把心掏出来，
再也不放回去。”

有一天

也许有一天，我像往日一样离开
什么事也不会发生
但是我不再回来了
一片虚空，把我收留

接着，我在一棵树下写诗
像往日一样，我只是比往日清晰
不急于写下一首，写给谁
我写在秘密里，而那秘密
在人们用力交谈时，已消耗殆尽

生活还有麻木

生活还有麻木，伴着你的苟且
还有光，无与伦比
还有美，沉默的自由

远离海岬，你的花儿，她可怜的生命
如果我们按照一种韵律活着
在它的约束里
在每一行里安排好自己的人格
我们检查其中一根弦上的听众
我们干净地走在路上或者躺在床上
我们的欲望也轻轻摇晃
我感到寒冷，也有温暖
一天生机勃勃
哦，我是……我们是让缪斯自由的人
我曾拔下一根白发
让它和周围的一切发生关系

急需品

——致毛子

我知道，有一种盲目是中国式的盲目。
有一种快乐比快乐更彻底，也更好丈量。
当我像一个诗人，烂醉的虚无主义者，
一个五官没有刺的士兵，
我发觉一种无用的苦闷在远处望着我。
一种……无用、迟疑，
防止灵魂
打滑的马蹄铁。
令我尤为不安的也是不安，
它带走的无用的那一份，
——无用是急需品。

赎 罪

亲爱的塞西莉亚·泰利斯，
假如没有布里奥妮，还会有其他人
成为撒谎者。

假如没有上帝，还会有其他人扮成上帝，
拆散我们。
是战争为我们推开一扇进入世界的门。
在红叶和焦黑的叶子间，
子弹和小山雀同样充满活力，
它们的飞行也都有碰到什么而夭折的时候。
你看那踩扁的菠萝莓，
皮鞭下负重的骡子，
接骨木上，累累果实。
亲爱的塞西莉亚，它们如此干净、优美，
一阵风就能吹落，随时为诀别准备着，
好像，它们在替我们赎罪。

失眠人手册

窗外又响起雨声，仿佛在清点失眠的人。
我躺在床上，看着烟圈，
如何在眼前扩散，无声无息，
连感觉也没有，就像
它们钻进迷宫中消失了。
我隔着窗帘，再次倾听雨声，
如同一群幽灵的小腿和脚，都是一样的。
我想写一本《失眠人手册》。
在塞尔日·甘斯布的英雄人生里，
黑色玻璃下的人，
走进荒谬的宇宙。
我的精神病哥哥又一次
把手放在我的肩上。
我抽了几支烟，又喝了一点酒，
没有一点负担。
我曾是宇宙深处的一团孤僻，
在这颗年幼的星球上，
我的呼吸之所出，也在等，
等变化到达。

我走在黑暗里

——献给毛子

我走在黑暗里，就像走在我们年轻的时候。
多少欢喜的灯光，
照着颤抖的贫穷。
多少忍受的痛苦，
被风吹成纸张，上面写着诗。
许多人惨白地活着，
需要我们送去血色。
许多人的勇气，在流泪时飞走。
我看见一个男孩，
拽着母亲的衣角，像拽着一个飘走的气球。
大地是一个拉杆箱，
被静静拖走。

露 珠

我的朋友，您杜撰的心无旁骛者大放异彩
从一棵云杉，到在无穷小的水面上
颤栗的月亮
每一个信息都忙着编写它们自己
我在写露珠的秩序
在清晨，露珠一个个生成
每一滴
都是一个虫洞，新的宇宙的道德律

他的世纪

现在他生活在晚年
那像一个小站，昏暗而平静
在金箔和闪光的饰物中
他感到，他麻痹的右手

没有一点希望了
他右边的身体把残疾
模仿得那样逼真
他想起他写诗的样子
已做不到简洁
就像他的咕哝，嘴里含着一口粥
而那口粥就是他的宇宙，他的世纪

束　缚

我，我被束缚了，津渡
不能自由书写
他们管理着痛苦和美好
艰难、自由
如果我把词语编织得好一点
他们会说不朴素，他们认为诗歌是邪恶的
平庸的会好点
适合未经教育的耳朵
当我在每个字的音量上全神贯注
终有所获，他们认为我是声音的守财奴
我该怎么办，津渡
我嫉妒夜桂花冠上死去的叶子
我来了，我睡了，我失去悲哀

植物时有哀伤

我感到寒冷，又找不到
把寒冷带给我的人。
我望着窗外，
阳光正在纺织明亮的布料，
规模大到让人心惊。
自然的伟力，
逼迫着墙上的钟，窗台上凝聚的冬青。

植物时有哀伤，
并把它们放在微小的颤抖里，
我把手放在冬青的叶子上面，
就好像一个人顶着大片虚空，
只是他从不出声，也不抱怨。

线 头

每年，都想避开这一天
连同它的细雨和
郊外的寒冷
想起她平静地躺在那里
想起美国诗人写的
“父亲的皮夹” 中的一簇线头
每一件事物
总是先于我们损坏
现在，她的三个孩子
就是三个皮夹
每打开一个
都有上升的光
盘旋着
点亮那线头

不是星星

——献给李碗

不是星星
是几颗亮钉在蓝色的舞台上
你伸着手，要揭开那片比较薄的云
或者，像毕晓普一样在大锡盆里洗发
打碎了月亮，还闪着光

给你的诗在半空中我还无法捉到
细雨和寒冷同时飘落

我能看到雨滴，那些光滑的小圆球
落在车窗上，有从上到下
让人发抖的自由

也许我想写的是寒冷
它和我有过肌肤之亲
如此亲密，如此悲伤
你抱着自己，除了这样
你到何处取暖

棋 道

我说的话，每一颗棋子都知道，
每一颗棋子都看得清，无论是参战与不参战的。
阳光照进两个棋笥，它温暖众生。
多清净啊！将要出现的棋局，是从未有人走过的。

我什么都没有

打开洗衣机，放进我的睡眠，
家乡，冷清的窗。
星星在里面转动。你的头发。
白、绿和灰在里面转动，
在记忆堆里纠缠。
除了等待，我什么都不能做。
我一直靠想象你的存在生活。
我知道你在水里。
你说，我用我的灵魂漂浮过。
等我把里面的东西一件件取出来，
看着洗衣机里像一个空的海，
还有潮汐的声音嗡嗡。我把头伸进去：
我想看它怎样转动，
是不是像一匹马疯跑。

历 史

我们没有见过历史
因而篡改它（而不觉得那是篡改）
羞辱它
笔在我们手上
我们在黑暗里写
菩萨看着，庄严而忧伤
她让历史从黑暗中逃出来
站在偏殿，让他目睹
他一会是男人，一会是女人
一会受尽香火，一会破败不堪的过程
让他在人间行走
不知道余下的人间
还能羞辱他多久

恐 惧

此刻我还剩一点骨头。
死，没全死，支撑我的不在了。
明天的墓穴更硬，窗户更冷，恐惧为零。
恐惧——那曾是我最重要的，现在还给你们。

一生中喜欢的人

在这个房间里，我路过了我的影子。
当我摸着黑小便，窗外夜色深沉，
我捏着硬邦邦一根，与他不期而遇。
他告诉我挺困难的，写作还在持续。
“但不是，不是像你那样写作。”
“你看不到世界、海洋，我们是在黄昏的宁静中，
前面的云杉上挂着新球果。”
“你倚靠的墙在漂移，现在我们正倚栏观望。”

我想起我阅读过扎加耶夫斯基和毕晓普，
听过塞巴德讲述的故事，
对“一生中喜欢的人”越来越亲近。
我相信好词语会留下，坏词语会消失。
而这个我可是我？他活在幻觉中，
在我的身边砌起教堂，为那尖顶痴迷。
他喜欢沈方，一遍遍诵读“民国语文课本”，
“应蒋峰之邀往新世纪花园酒店”，
仿佛刚刚从书中回来，带着墨香。
如果他是我，我又是谁？弄不明白，
即使这遭遇是真的。我放下闲聊，
两个人在沙发上抽烟。他在沉默中
变成了树，倾斜着向我表达：
风占有了他。“你和我都知道
一切已得到回答，一切都已处理妥当。
但是你应该写一首情诗，给那未出现的人。”
“在可爱的蓝色中，难道你不爱她吗？”
他的绿色肢体又延长了两公分，
向不存在的你表示敬意。然而你
就像一腔移动的笛音。
我们摆好姿势，我和身边的虚无，
我很开心，你却不见了。

KANG
XUE

康
雪

作品

推荐语

选择康雪作为这期开卷诗人固然有点冒险，但也佐证了我们对“清新，健康”这一旨趣的推崇。作为新近冒出的“90后”诗人的代表，康雪的写作在满足了我们对诗意的期待的同时，又以一种非常个人化的语调和口吻确立了诗人独特的写作面貌。这种面貌在高度同质化的今天，显得非常重要和及时。活泼的乃至调皮的，轻柔得近乎喃喃低语的写作风格，有如野花摇曳在旷野，提醒我们：神秘的不是生活，而是那颗善于发现和创造的心灵。

（张执浩）

康雪的诗歌整体上呈现出细密光滑的质地，像一个教养良好从不高声喧哗的人，向我们叙述着一些事情，而那些事情跟我们从小受到的真善美的教育好像有那么一些关系。康雪的文字里是饱含童心的，童心是一个诗人的重要特质，在我看来，康雪体现出的童心有点像一个班级的文艺班干部，稍显规矩了点。我个人对诗人有更高的期待，因为对诗歌而言，在写作水准达到一定程度后，文字的异质和粗糙也许更能拓宽自我的写作局限。

（艾先）

论坛时代就阅读过康雪的诗，简单，清澈，犹如溪水边的一朵小花，兀自开放。她给我的感觉是安静自我，却总能在某个被你忽视的地方，突然绽放出一丝艳丽。“而人世很苦，有份普通的感情就很好。”康雪善于在平淡的日常中追寻某些意义，而意义对她来说，又不仅仅是归宿。或许更进一步的理解，在康雪的眼中，意义也算不上什么——当我们消失以后，诗还将存在的理由，才是我们的目标。

女诗人往往因为纤弱而流俗，但康雪的诗中却有一股顽皮甚至抗拒的韧劲。“同样的雨，溅湿了我们不同的鞋——”这相似的际遇却描摹出了不同的人生。还有什么比这更让人欢喜又忧伤的呢？这正是诗的魅力所在。

（小引）

土豆啊土豆

别人家的土豆才种下
我们家的土豆就开花了

白色的，
像一群二十几岁的星星。

等别人家的土豆也开花了
我们家的土豆已经爱过了。

地下星星挨着星星，最好的
黑夜，都没有被辜负。

苏 菲

这边有很多苹果树。
有一棵叫苏菲
它的花浅粉色，像刚被写好的
小故事。
它的叶子和别的
一样，每一片都信上帝。
但苏菲
仍是一棵奇怪的苹果树
没有恋爱过
也按时结满了果子。

和一棵树恋爱

我曾和城南的一棵银杏恋爱
冬天来临之前
我就给它买了很多袜子。我总希望
它走路来看我

它的脚趾太长了
每看一次
就有一只袜子，破了个洞。

鸢尾

早晨走过一条小路。
围墙下开满了白色的花
我并不知晓
它们的名字。也没想过
开口询问

也许你叫它们，鸢尾呀
而我称呼为
有缝隙的光明。

可是这有什么意义，我们消失时
它们大声地呼唤自己
小白，或者莉莉安。

清明

至少有一次。是赶上四月
最好的天气
我们穿着单衣，走很远的路
路边有黄色的
紫色的野花。
至少有一次，手里的弯刀
靠近灌木时停下
它的枝条笔直，叶子上有只蚂蚁
或瓢虫。
至少有一次，插进坟头的
灌木枝倾斜，挂好的彩纸又被风

吹走
至少有一次。我们的亲人真的
拾走纸钱，并给予了什么。

致爱情

在大城市买不起房，租一个小地方
就好
买不起车，坐地铁和公交就好
如果还不快乐，回乡下就好
奶奶种了月季、芙蓉、山茶花还有
枇杷树、橙子树……我们回家时
几个橙子还挂在树上。霜打过的橙子
是很甜的

而人世很苦，有份普通的感情就很好。

致我天赐般的手

一个人怎么可以惧怕自己的手。
它甚至
拥有一条美人鱼的记忆。

但当你充满惊讶，想要探寻究竟
我慌乱不已。

一个女孩怎么可以有双
这样的手：
粗糙，坚硬，纹路模糊……它从不好看

但如此特别
心爱的人闭着眼都能认出。

雀斑记

我的脸颊右侧，有一排明显的
斑点。有一颗落在耳垂上
我的妈妈说

北斗七星！
不要因为爱美而伤害它。

但我长大，并不愿意接受
这种命运般的启示……满脸的雀斑

能像星星一样照亮我自己吗？我最多
只是个可爱的女孩子。

同　伴

夜里下雨了。雨水打在窗台的声音
充满了我。
这让我感觉到安全，我甚至

想对雨作出理解
这一生，是一个漂亮的跳崖动作。
但我是个胆小的人。醒来时

雨还在下。我很多次想要问它
是否也想要平静的生活。是否能停下来
和我一起吃个早餐。

二　月

楼下的树开花了。

我整天待在屋子里，从未意识到
春天的来临
这本来无关紧要。但它们都变了样子

像一个集体默认的珍贵仪式
只有我手足无措。

只有我的身体，如此迟钝
毫无变化
像一个春风从未抵达的偏僻角落。

栾树果

一棵高大的栾树。叶子都掉光了
但整个冬天过去，很多枯萎的栾树果
还挂在枝头。

——天知道这些弱不禁风的小东西
经历了什么
也许有些雨和雪，替换过它们的心跳
也许有过几个纯粹的黑夜
成为了它们内在的智慧。

但天知道这是否意味着幸福？我并不想
从中获得启示
我只是有些……难以启齿的嫉妒。

觅 食

防盗窗上挂了一块腊肉。
有几次我从房间出来
都看到一只鸟，停在那儿

隔着玻璃
我听不到任何声音
它的样子也有些模糊

这无关紧要。我也不关心
腊肉都被吃完。我只是羡慕地
看着

它只想填饱它的小肚子
而我却有着整个人类的饥饿。

姐 姐

整夜都在做梦。梦见我的姐姐
站在屋顶仰着脸。她在看什么呢
如此着迷。我又在看什么呢

黑夜中，她比月亮
更像一个
来自远古时代的吻。我在等什么呢

她不会在我醒之前醒来
不会突然回过头，看见我满脸泪水
我在害怕什么呢

黑夜中，她像月亮一样……从未失去。
我却发誓，一醒来就把她忘记。

雨

有一个傍晚，我和你在屋檐下躲雨
雨下得很大，我特别高兴。

我们很少说话，我努力
回避你的眼睛——每一次对视，都是闪电

可怕的闪电
它远在天边，但仍然击中了我！

我并不是一无所求。在后来漫长的
岁月中，我都渴望雨水再溅湿我们的鞋

同样的雨，溅湿了我们不同的鞋——
仿佛这就有了相同的命运。

幸福论

每到晴天，小区的空地上
晒满了棉被和床单
那么多不同图案的床单，有花朵的
星星的
在风中飘起来
显得好看和宁静。

但遗憾的是，我们从未有过一刻觉得
自己真的
睡在花朵或星星上。

敏 锐

雨打在遮雨篷上。
抚平信封上的胶水
在一条陌生的小径看到很多脚印。

拉上窗帘。听到钥匙在锁孔里

顺利转动……
甚至拧紧一个瓶盖。

很多细小的过程，都让人获得安全
如此微妙
当灵魂保持比身体更大的饥饿。

酸 橙

一只橙子
一只说不上好看的橙子。
当它闭上眼睛
就有些性感了
它吃起来
是先酸后甜的。甜得慢一点
也没关系

但它可能并不需要
一个同样孤独的人给出这种
带有偏爱的逻辑。

安全感

建筑表面被刷成鹅黄色
住在里面的人
未必体会到暖意。
但从窗口垂落的
植物，兴许真正懂得
神仙般的生活。
我们有时也处在半空中——
最先从膝盖处感觉到冷
但对灵魂上的喜悦

绝口不提。
我们需要房子，需要在阳台上
挂满衣服
我们还需要更多
而灵魂只是身外之物。

宽恕书

一滴雨打个喷嚏就把自己弄得支离破碎了。
一只鸟飞起，不知道它已经
消失在一群鸟中。

像在梦中一样
所有的事物并不具有真实意义。只有人类的
脆弱和无知，才具有永恒性

等着天塌下来，自我怜悯像吃草莓一样可口。

轮 椅

他在植物园里的行走
不同于穿梭
但穿梭仍是一个好的语境。

他像树一样在表层覆满青苔——
那柔软的、毛茸茸的绿色让人拥有
丰富的细节
他很快就上了年纪。

他在植物园里的穿梭不同于行走
行走的热带气息更换了他

而地上的枯叶发出
同样悦耳的声音。而枯叶
也只是他双脚失去的记忆。

植物人

她对外界失去了觉知
她的身体右侧，像一个真正
没有良心的人。
她的老母亲，每天给她按摩、擦洗
她无动于衷。

她的身体左侧，充满了大雪压断树枝的
声音——
不，根本没这么脆弱
大雪仍是对穷人的恩赐。
她的母亲，有时喃喃自语
但从不哭出声来

一切都会好的
但一切都会消逝！包括母亲
包括被大雪藏匿的灵魂。只有她的身体
会永远躺在这儿
像一所前世的孤儿院。

闺 蜜

我们去看《我的少女时代》时
没有吃晚饭
买了爆米花和橙汁。
甜得要命，你却哭得眼睛通红

我们的少女时代
从小学六年级开始，或者是
从高一开始
但结束时，是在走出影院
我们谈论起你下晚课的大女儿
她正乖巧地站在学校门口
天空低低的，星星能碰到她的睫毛。

古代人

你有一张寒风料峭的脸呀
当我试图赞美你。

你说起长安落雪，就是全天下都在落雪
对，就是这个意思。

你很不喜欢现在。不喜欢我的朋友圈
方圆百里都是春风
但草里不见马蹄印。

你只喜欢小孩，村里有几个小孩
常来我家买泡泡糖吃，每次你见了
都很高兴。

乌托邦

有时真想死在那里，阳光灿烂草地辽阔。
有时只羡慕几个孩子，光着上身躺在石头上
有时也数数
一只，两只，三只……
有时也恍惚
天不是黑了，是被这些牛羊一点点吃掉了。

去看稻子吧

先从青岛飞到长沙，再坐高铁到
我的县城，我来接你
我们这里的水稻只有一季
没有早晚之分
你现在来，刚好赶上它们成熟
好是好看，但说不上最好看
如果你长期在这里生活，你会发现
我们与土地，已经有了很好的默契
水稻青好看，水稻黄也好看
我们独自生长衰老，却又血脉相连。

真正的流浪汉并没有心事
——严彬的新头像

大概是新拍的照片
一个人坐在墙下，一个人坐在门边
还有一个人
刚好坐在墙和门的中间。
前方的地面上
静静躺着一张雪糕纸
“是绿豆雪糕，咬起来硬而脆的那种。”
他的语气
像在缅怀过去
一段清甜的粉末状人生。
我却一直在等风吹起，风很大
那坐着的
满怀心事的人，都用手挡着眼睛
而雪糕纸
空荡荡的雪糕纸，已飘在高空。

在小桥村

当我们坐下来，田埂上的芦苇
向里挪了挪位置
田间没有水，几只鸭子在里面走动
像草返青的声音。
我们长久地坐在那儿，没有说话
有时感觉鸭子消失了
我们只隔着，一只麻雀大小的寂静
有时又感觉天色暗了下来
我们越来越小，像两只蚂蚁掉在
同一个牛蹄窝里，不知所措。

梦 境

墙壁上，有一株茉莉开花了
很多朵。爸爸妈妈不在
但我知道
花是他们养的。门还是那个门
小木栓要先摇动几下
我走出屋子，知道这是一个不太冷的
早晨。走廊的柱子上
有一块小圆镜，小时候
我常对着它扎辫子。但现在
什么都看不清了
我一边哈气，一边用手擦啊
竟擦出厚厚的雪——我的爸爸妈妈
像两粒芝麻
安静地坐在那儿。

医院门前一年四季都开着花

在医院死去的人们
会爬到周边的土壤，重新活一次
他们把灵魂，尽可能地打开
花一样地，等候有人回头
有的深紫，有的淡黄
有的实在不确定
这至亲的人，会以何种颜色
把他认出。于是，他用尽力气开
开了多个颜色。这多么美
可惜，世间万物
这一别，再难相逢。

我又一次路过她的墓碑

我听到她的笑声。仿佛从未经历过
冬天与迷雾
此刻门窗很细，很薄
我是如此心动。这有别于清晨
缄默的嘴唇，覆盖着落叶或星空
她的过去，土地一无所知
除了寂静，没有什么
是不能承受的。我只坦诚这热烈的孤独
“黑夜中有一股雪味”
她的年轻，却明亮得很

伞

梦见有人。像我的爱人
在屋檐下，等我送伞

可惜。我看不清他的模样，记不得
是哪家的屋檐
下多大的雨。

我只能，夜夜在床头
备好雨伞。随时随地，能接他回来

满天星

你可知昨日星辰，都落在这里？
你可知，这洁白的悲伤

你赤脚走在前面。我手捧着野花
这短暂的爱情，朴素的爱情，被怜悯了吗

你可知这静默，这细碎？
你可知，这星辰仍是需要掩藏的泪水。

本期图片由林东林摄

Chinese 汉诗 Poetry

诗选本

Selection

李遥岑 冷眼
余真 宋烈毅
廖江泉 吴素贞
雁无伤 李琬
傅蛰 聂权
天乐 张俊璐
龚纯 谢仲成
青小衣 余修霞
若颜 张建新
陈光宏 吴小林
王威洋 今今
缎轻轻 弥赛亚
南人 余文浩
一回 张德明
起子

李遥岑 的诗

LI YAOCEN

无主情话

此刻
半个地球的人醒着
半个地球的人睡了
剩下我
把头埋在被子里
让黑夜黑得像失明
才敢细细想你

读信人

收到一封远方来的信
一字一句读了三遍
完全忘了
炉灶上还有咕嘟咕嘟的汤
它们窃窃私语
密谋了一场轻盈的出走
锅在生气
气得冒烟
它紧紧抱住过　那些
注定要失去的东西

紫菜

今晚的紫菜汤有点咸
紫菜却不介意
飘飘荡荡
好像回到了大海。

脱 身

如今 厕所
是我最喜欢的地方
在这里，我终于合情合理地关上门
合情合理地
独自
一个人
不脱裤子
坐在马桶盖上
仿佛坐在马背上
要去远方。
旅途不长
十三分钟后
拧开这扇木门
又是一脸平静慈祥
我越来越善于伪装
就像刚才逼真地
冲水
洗手
哗啦 哗啦
哗啦 哗啦
大河流经乱坟岗
那么热闹
那么悲伤

吊萝卜

是没有土地的萝卜
没有瓢虫、蚯蚓
也不再有风
一根细绳穿透皮肉

悬于半空
根在上
茎在下
引力让叶片感到慌张
但它很快适应了
即将颠倒的余生
适应了
每个清晨等人赐予半杯清水
填满空旷的身体
上一次细雨纷纷
是前世了
我记得7岁的那个冬天
爸爸一刀一刀剜出白萝卜的心
我们咯嚓咯嚓地嚼
他笑着说甜
我哭着说辣
当春日美妙
隔着玻璃
它周身绿叶环绕
也开满了花
也结好了籽

坏洗澡水

我住过一间好房子
哪里都好
就洗澡水坏
猛地滚烫
突然又冰凉
我必须在氤氲中保持清醒
在暴雨般的水声中
分辨出水管的嘟囔
在它变坏的那秒
一边咒骂一边弹开

伸出指尖
试着
重新信任它的温柔与平静
再 依次献上
手臂、肩膀、乳房
和一整个的我自己
它温暖时
我想起了母亲
它无常时
我想起了你

咕嘟咕嘟

没有哪种关系
能比此刻更单纯
人们只被一口锅划为两派
爱辣的人
和怕辣的人
永远是红汤先按捺不住
咕嘟咕嘟
新油滚着老油
百叶重逢了毛肚
黄喉又抱紧了猪红
脑花脊髓
众生浮沉翻涌
桌上忽然有人问
几年没看到老李了
他现在在哪呢?
所有人都安静了下来
火锅沸腾的声音越来越大
咕嘟咕嘟
白的 骇浪
红的 岩浆
几双筷子在锅中来回拨弄

刚扔进去的丸子
就再也捞不着了

陕西凉皮

离开了故土的小吃
都是羞赧的杂种
“正宗”
用红色的黑体字
贴在它们的名字前
就像小卡片上印着
“清纯”
在一个下午
想吃凉皮
高筋面粉揉面
醒面
洗面
两个小时过去了
分离出一坨蛋白质和
一锅悬浊液
一整夜过去
才终于澄清了
粉与水的关系
该坚硬如石的
就不会清透如水
圆盘抹油
盘子像漂在滚水上的船
渡粉浆去成凉皮的彼岸
三分钟
再三分钟
又三分钟
一个小时过去了
在没有凉皮的国度
我拥有了16张凉皮

切成一指宽
面筋蒸熟
断成小丁
匍匐在陌生的凉皮身上
辣椒油，黄瓜切丝
老陈醋，蒜水麻酱
两天一夜已过去
我想不通
这么麻烦的玩意
为什么只值6元钱
离我一万三千公里之外
是深夜
办公楼后门那个寡言的妇女
依然抡着手臂
在不锈钢盆里奋力搅拌
正宗凉皮四个字的阴影
在她身体上剧烈起伏
我记得有次她说起自己
姓张，延庆人
两个孩子
去过河北
没去过陕西

糖醋排骨菜谱

一锅滚水
一块老姜
倒入排骨
吐掉属于它却不该留的东西
半碗热油
骨肉和蒜头煎到金黄
一把冰糖
等它碎裂
融化

从剔透如冰
变成平静而滚烫的岩浆
然后倒入开水
白雾猛然升起
北方的厨房如同南方的故乡
放了多少糖
就放多少醋
有多甜腻
就有多酸楚
事情最后总是这样
根据个人口味
盐少许
胡椒适量
含混的词汇在此刻变得恰当
把排骨煮到
当肉愿意离开它的骨头
时间不长
三十分钟
足以度过一个短暂的晚年
用来想念平日里想不起的人
我可以精确地说出
那是黄色的芝麻
绿色的葱花
琥珀色的糖
但我只能用比喻去描述
彼此没有尝过的滋味
松露是蘑菇大蒜蜂蜜
和雨后腐烂的湿泥
榴莲是乳酪松节油混着白兰地
夏天的第一口西瓜
好过整个夏天的西瓜
排骨的酥软酸甜
远远大于
爱情的那种酥软酸甜

半截诗

后来
我偶尔还想写诗
秋分那天我写
“把秋天切成两半
得到相等的昼与夜”
寒露那天我写
“桂花落下时，发不出声响
没有星星的，都不叫晚上”
第一次吃蓟
啃着形迹可疑的花瓣
写
“许多事情都是如此
叫朝鲜蓟
却和朝鲜没有关系”
梦中的句子　醒来也还记得
汪洋孤岛
苦厄环绕
我在海面上写
“所有的岛都是一座山”

我还想写诗
却再也没能写完一首
春风中下落不明的细雪
烈日里被烤干的河流
说没
就没了
而今　我终于成了
恰如其分的那个人
小心翼翼地避开
一生中所有的错误
把余生默诵了
一遍

又一遍
直到滚瓜烂熟
“没错”
“平静的日子最杀人。”

厨房里

厨房里最柔软的是肉身
最锋利的是刀刃
老是逃跑的除了自己
还有混进蛋清的蛋壳。
厨房里藏匿了万物的尸体
和妇人的余生
诱人的植物是荤
温暖的动物是腥
寡淡而正确的是一生。
厨房里暧昧如床
答案遍地
甜的反义词不单是苦
有时 是酸
还可以 是咸。
我无法清白如饭粒
垃圾和珍馐来自一种东西
肉爱盐
就像我爱你

来自后山马戏团一头金黄的老虎

黯淡无神的眼球如门板上一对生锈的铜铃铛
翘起唇边的胡须犹如一根根钢针
骤然张开的嘴巴露出坚实锋利的牙齿
朝向铁笼子外，那不可触及的猎物
身子却乖巧温顺如阳光下
正弓起腰脊打着哈欠的一只大猫
黑黄两色条纹间油亮的闪光中
躲藏着记忆中驯兽师手上的鞭子
在演出开场前，它将得到奖赏和鼓励
扔进铁笼子里的一块鲜红的牛肉
跳跃而起的惊恐和诱惑同样被牢牢地控制
在它困兽般茫然而饥馑的礼貌中
单等着那驯兽师甩响手上的鞭梢儿
示意它冲出拉开栅栏的铁笼子，向门票打个招呼
喝起满堂彩的观众将逐一屏住呼吸
然后是更大一阵刺耳的尖叫，为那驯兽师
把脑袋伸进虎口所能掌握的技巧
来自那王者已被消磨殆尽的意志
直至延伸到下一个主题，表演正式开始了——
这头猛虎将怎样顺服地绕着驯兽师
在围栏里转圈，疲沓倦懒的步伐
四条沉重的爪子，在鞭子清脆的挥舞声中
猛然精神抖擞地腾空越过逐渐加高的板凳
吼叫，当然还能发出低沉的吼叫
当它顶着额头上耀眼的斗大的王字
紧接着来回穿过正在燃烧的上下两层火圈
轰鸣的掌声将换来演出过后趴伏在那儿
喘气时伸出的一截淌落口水的红舌头
不停眨动的厌倦的眼帘，始终在无奈中
乜斜着驯兽师，摘掉高顶帽一次次弯下腰去的鞠躬

金黄的银杏树

冬天已经给我寄来了一份邀请函
我夹着一本破书，溜达着走到
一棵落满树叶的银杏树下
在那粗大的树干前停住脚步
就这么懒散地靠着它粗糙的树干
蜷起中指轻轻敲击……
沉闷，没有我要得到的回音
当我想起我曾叫它合欢树
有雌雄异株的白果难以区分
抬头望去树冠如儿时摇篮上捆绑的伞

夹在希腊史里的一张便条

打开书本，无意间发现
夹在纸页间一张便条
只有时间没有地点
当时要写些什么
现在已经想不起来了
这糟糕透顶的脑筋
但是显然没有写完
而我却一直为此在想
那个四月，我究竟在哪儿
如果不是这头几句提示我——
"希腊联军正在日夜
赶制高大的特洛伊木马
而那个美人——海伦
此时正在特洛伊城
高耸的宫殿中酣睡
身上披着一层薄纱
双腿间流出希腊
和特洛伊王子的体液……"

石　匠

他肯定自己不是个能言善辩澄清自己的人
巧舌如簧与波谲云诡与他也不靠边
他笨嘴笨舌，他甚至只知道玩石器
他只在石碑上刻下人的名字，鬼的名字
除了浑身力气，他自是那无用的人了
除了叮叮当当的凿子和肩头抖落的石粉
甚至石碑也在笑他何以不会雕刻那两个字

湛南路大街

昨天晚间，我再次遇见了她
一个端庄漂亮的女酒鬼，你长大的女儿
压抑，沉闷，祖上大清帝国
叶赫那拉氏，萨满正蓝旗后裔
在我们这座脚下到处是煤矿巷道的城市
湛南路大街，一家街边小酒馆
我们喝酒，在她的酒伴儿
我的一位酒友招领下
我们并无相认，并无相认……
当她半途喝至兴头，端起酒杯
醉眼迷离，冲在座的嚷嚷：
“来吧，一群老家伙
碰杯！难道你瞧我长得不美吗？”
是的，我们并无相认……
当她带着你们家族叶赫那拉氏
遗传的双眼皮，跟我碰杯：
“是的，你长得很美。”我说
而我的心在酒精中流血
是的，我的心在跟刺刀作对
当她摇摇晃晃，哈哈笑着
在她的女伴，另一个酒鬼搀扶下

起身，走出这家街边小酒馆
走进这座城市街道上
夜色阑珊的阴影处，弯腰呕吐
是的，酒已经毁了她，我知道还有我

圣经中的另一部分

他们发现了上帝
用希伯来文
据说，这完全不是那个人
那个从处女的子宫中
降临到马槽里
那个人
那个纯粹的人
一个胎儿

然后是他们发现了
耶路撒冷圣殿，哦，圣殿？
各各他上高耸的十字架
并把他钉上去

他们是那么热衷
干这种好事儿
当一切都安排好了
人人都尽了心

他们又返回到
耶路撒冷
并高声颂扬着
我的神！

但不是那人子
并对来自罗马的

执行官说：“好了现在
恺撒的归恺撒，
上帝的归上帝！”

我们都应该有一所属于自己的房子

这是真的，我们都应该有一所
属于自己的房子
因为房子不叫家
因为路走得太多会让人感到乏累
蹲下去又总是令我们腿麻
什么在抽筋儿？因为
有时候，你无法回家
因为那里不是你的家
尽管你能用你的脚后跟倒退着走
但方向总是超常的一致
靠着墙壁却无法敲门
况且你并不知道这里是哪儿
但好的一点是你的双眼
始终能瞅着前方
那里有一片茂盛的森林
你可以找来锯子和斧头
把树木一棵棵砍倒
挑选最粗最高大的
然后做成你的房子
尽管看起来简陋了很多
但是这是你的家
甩开臂膀大踏步走进去
再也不用顾忌
那犹豫不决的脚尖
因为不管怎样，那是我们的房子

既然那良辰已逝

当燕子飞往苍穹之顶的夜晚，来吧，我的朋友
让我们点燃池塘前的篝火，痛饮这杯中美酒
既然今夜又将到了我们说再见的时辰
请举起你手中的酒杯，既然那良辰已逝
这狂欢既是对未来的执迷，请举起你手中的酒杯
但这里仍有份名单需要我们签下你我的名字
既然那良辰已逝，已离我们远走高飞
那长发及腰的少女才是今晚披散薄纱的舞神
但也别忘了街头还有步履蹒跚的老妓女
既然那良辰已逝，已离我们远走高飞
天空是无声的丹顶鹤的黎明之死
还有大地上敲打着重金属的食蚁兽乐队
但这里仍有份名单需要我们签下你我的名字
既然那良辰已逝，已离我们远走高飞
玫瑰的芬芳已抛开叶茎独自回到自己的花蕾
只有那长发及腰的少女才是今晚的美神
既然那良辰已逝，已离我们远走高飞
再没有什么比你有意躲开的拥抱更让她伤心
她也不过是想用哭泣拥抱你一会儿也抱住自己
既然那良辰已逝，已离我们远走高飞
今晚那长发及腰的少女才是舞在我们中间的女神
愤怒吧，怒吼吧，既然那良辰已逝
我们又常常不知什么时候才能再次相会
也不知道幸福会什么时候悄然来临
既然那良辰已逝，已离我们远走高飞
来吧，我的朋友，请举起你手中的酒杯，因为那良辰已逝

撞 击

夜幕总是熟练地剥开她的花瓣，她想到初潮

不由得叫了两声。吓溃经久封闭的火山
不能忠于内心，我们至少要忠于身体

手指的进退维谷，这些年她也一样面对过：
试卷上不经意多出的一处标点、陌生的旅店
和男人

在行事以后也从来没获得过谅解，也一样
敞开乳房
告诉世界，她所怀揣的欲望和空洞。把
失意的日子带到陌生的床榻，把故乡睡成

一座衰老的旅社。这迷人的河流，飞溅着逶迤的浪花
落花们一丝不挂地在上面游泳，把嘴唇和手掌都
探进水面。这些年
男人们像四季的柏木，开而又谢败而复兴

最后用作棺材。她的丈夫已不再是，可以用夜晚教训她的
青壮年
她的身体已经不再新鲜，她还是周而复始地流血
做爱，乳房变得松软蓬大，可以
居住三三两两的男人。即便每一寸土地
都住进了萎靡的月晕

仿佛梦境

飞上枝头的白鸽，落在了少女的及笄
落叶们把自己交给了草地
她们安详，寂静，把大腿和乳房
交给了草地
她们睡在草地上，仿佛跟草地长在了一起
她们仿佛还不认识男人
仿佛一切都还是值得托付的

和室友王娅酒后多言的那个晚上

我们说初恋，说到被黑夜俘获的
那些男孩子们青葡萄的双眼
女孩儿们的蓝色牛仔裤
在少不更事时，我们追索的远方和诗
把常春藤留在葡萄架上。去了
新的地方跳舞，再回到这里刻舟求剑
我们目送这片萧条的景象：
葡萄们以摔倒的伤口成熟，青藤们
以自我引颈而去，落下沙沙的足音
我们如何凭吊，他们都决定不醒来

石头2

十八岁的X小姐
安环。无业。
年轻，身体肿胀，憎恨所有男人
她如今格外坚硬，体态沉重
昏暗的小医院
水龙头冲走了她未成形的孩子
说到曾经的未婚夫
如何抛弃了她年轻的皮肤
说到自己陈旧。灰暗。只剩

溃不成军的沙砾
十八岁的Y小姐。自残、抑郁
厌恶硕大的器官，贞洁和身体
胸部上划下斑驳的刀口，向我炫耀她
爱情的勋章，左臂上密布
烟头的烫伤，她失去了泪水
在浴室拧开水龙头，她用力
像拧自己发育中的胸部
她听见它们流水，哗哗啦啦地啜泣
排山倒海地覆盖过一片喉结的管道
排山倒海地滚进她抑郁的僻静
她们误认为自己是一个母亲良好的女儿
一头矜贵的哺乳动物
她们在世上任何一个地方相遇
她们面对面，毫无存在，不为所动

身份

每个晚上，我陌生的双手，
紧紧相握。它们在世上毫无亲信。

我的左腿遇见右腿，它们截然不同
用自己的部分风湿。

我的左眼和右眼永不相见，它们从不相爱，
却一同替我流泪。

我的爱人爱着他自己，偶尔来宠幸
一样孤独的我。

我怀有潮汐。喜欢在阳光的时候，让自己在青草地上歇一歇。

让我，跟它们，也能在阴影上
找到自己缺少的部分。

落日拂来燎原的大火

你曾度过我最美好的年华，是虚构的
你在黎明前翻阅山色，目睹我空洞的人间
遇见飞絮，游鱼
隐于芦苇荡的野鸭子。

你是春风、夏风、秋风、冬风
穿越我，又一去无返

出没的苍耳，不要把旅途寄予
给正值夜归的兔子
我想提醒游荡的鬼魂，渐升
的寒潮。任凭落叶，使劲地吹奏

我们已经说不出更多的话了。
我看到枯树们相视多年，却又无言以对

它们伸出的干燥的手臂，越来越接近厨房的柴薪
桃花已更替了新的枝蔓，落日拂来
燎原的大火

正在淹没你，也淹没我的途中

如果我是个男性诗人

我说过的那个女人，就是
隔壁隔壁隔壁的那个女人啊，她
跟春药和诗歌一样性感。她
游过来，像蛇
她的樱桃叮当作响，桃花已绽，未
施脂粉
她上楼去，看见我
我感到流走的忐忑从她腿间淌过，残余

沐浴乳凉爽的丝滑
她像薄荷，被我的夏天熟悉地拨来拨去
她像我，跟野猫一样羞怯
我感到我手中的笔更加坚硬，像一幅
盖世诗歌的草图
她已到达楼顶
“饥饿是空洞，需要填补的
黑暗的
无人居住的空洞。”咀嚼完最后一片面包
手心还有一点潮潮的奶酪

镜像五章

你并不打算躲雨。
你并不打算好好活着，好好地吃饭、睡觉
这些入侵你的寒冷
空洞地放在你突起的眼睑。
相爱，啜泣，把刀子
插进喉咙。
在这片雨中，你的鼻翼是一片颤抖的叶子，你的身体是一座
庞大的迷宫。
你是这片，年老穷困的雨水
拄着的拐杖
扶着月光，服下一个哽咽的闪电，
一个响亮的村庄葬身于此
当我在夏天想到寂寞的庄稼
烈日里的蝮蛇就哆嗦进花田
你握满颤抖的薯片
你像一个母亲一样蓄满奶水。
我开始厌恶你行走在地面上满眼悲痛，遍地
眩晕的荔枝。
雨幕里昏黄的草丛，把大地挤压成一个窄缝。

谈一个人到湖心亭里去

一个人到湖心亭里去
之前，他是随便在湖边走着的
他对湖心亭没什么指望
他没有指望过在湖心亭里
遇见一两个熟悉的人
但现在他忽然决定
走向湖心亭，成为那里的一个活动的风景
其他都是死的
比如假山，比如碑刻
比如一件丢失在湖心亭里的泳衣

谈公交车上的灯

公交车上的灯和家里的灯
完全不同
家里的灯光下面坐着打毛线衣的妻子
公交车上摇晃着一群人
我感到陌生，使劲
扭头向车窗外面望去
不再看公交车灯光里的这群人

谈白发

一个试图
一根一根扯掉头上生出来的白发的女人
忍受了那种疼
她不是想把自己头发揪住
离开地面的那种女人

她缺乏哲学的思维能力
她永远也不知道，这是她的丈夫之所痛

谈失眠

我起身到厨房里，借着邻居的灯火
看一看黑暗中的炊具
我打算再烧一次饭
喝一碗汤
吃一条鱼
留下一条完整的鱼刺
我要把走进卧室之前的事重复一遍
我要把睡眠之前的润滑
小心翼翼地再做一遍
然后回到床上
重新睁大眼睛

谈宠物

我们需要一两只宠物
在家里，或者在路上
陪着我们散步
我们牵着绳子或者
两手空空
跟随着它们
或者率领着它们
要么这样，要么那样
可以选择各自和它们待在一起的方式
单身的人
鳏夫，残疾者，新婚夫妇
互不通气的邻居
都可以因为它们走到一起
站在大街上聊一阵子

聊一聊它们交配的事
也聊一聊它们的品种和气质
仿佛在月球上的生活也不过如此

你，在月球上头一次漫步的人
为何不带着一只宠物过去

谈忧郁

在我身上有一种忧郁的气质
这是一些女人喜欢我的原因之一
她们认为我是一种透明的容器
我以为我自己是一枚发黑的镍币

如果一阵风

在候车亭里
我遇见一个女人
她嚼着口香糖
穿着皮大衣

在候车亭里
她嚼着口香糖
穿着裘皮大衣

如果一阵风刮翻了我们
我将记住这个候车亭

皮衣和苍蝇

一件皮衣挂在橱窗里
每次经过我都要敲敲橱窗的玻璃

趴在里面的一只苍蝇
只好又飞行了一阵子

每次经过橱窗我都要敲敲玻璃
直到有一天这件皮衣答应我做一回人
这是它最害怕发生的事

最像我们人的还是这只苍蝇
它的大脑袋几乎可以和我们交谈
它整天飞在橱窗里
央求着橱窗给它一条缝隙

无 助

我在街上称体重
这样小的事我却要仔细地完成

我尽可能地脱去衣服
最后竟像一只雏鸟那样无助

这条街

我想到街的对面去
这边太冷清了
对面有彩票店
对面有一群人在向天空
抛洒着碎纸屑

这边太冷清了
只适合一排冬青站着

我在冬青树下走一阵子
就感到这个冬天真像冬天

我在冬青树下走一阵子
头上就落满了一种紫黑色的果子

它们是某种鸟苦苦久等的上等食物
我一旦走到对面的街上去
一大群鸟就呼啦一下飞了过来
到那时，这条街人是人、鸟是鸟分得很清楚

手指上的白灰

我在家中感到无聊的时候
就试着跳一跳
用手摸天花板

现在我仅仅能用指尖碰到它

我坚持到自己能够用一只手掌完整地
摸到冰凉的天花板的
那一天看样子有点儿难

但是我会一直跳下去
为了我的手指上的那点儿白灰

请原谅我的天花板比你们的要脏一些
请原谅我的手指老是沾着白灰
请原谅我在你们家楼上
跳了很多年

与一朵云的对话

我抬起头
大象来到我家屋顶
尽管他的步伐十分稳健
尽管他的森林十分辽阔
瞬息万变的大象啊
也没有在天空留下什么
就像有时的我
强盗一样在人间出没
却总是，被洗劫一空

画中的云顶山

这个诚实的画家
他画的云顶山，大雾遮住了全部山峰

我告诉他，少年的时候
我住在山的西边，后来
我住在山的东边，我还告诉他
少年时，太阳是从山顶落下去的
现在，我的太阳都从山顶升起来

我在这座山上，认识了野猪，灰兔
锦鸡，和让人毛骨悚然的阴风
有些岩壁是爬不上去的，有些山峰
杂树丛生，布满了危石

一地金黄

这些金黄的叶子
他们服从了时间
最后服从了地心引力

从泥土中出发的时候
他们都有一条春天的幽径
有上苍的引领，从一棵树的筋骨中
长出新鲜的身子，长出一身奶香
向上的枝丫呀，向上的命
鹅黄呀，翠绿呀，风雨呀
让他们与天空厮磨一生

这一地金黄呀
使我舍不得抬起头

雪　地

雪地上什么都没有
麻雀还是飞下来了
他跳跃着，叽叽喳喳的

这是个不一样的早晨
我们都有大雪耀眼的背景
空气像梦一样醒来

一只小麻雀，从我的身体里飞出去，他的叫声
照亮了它小小的阴影

我们都是无情物

身边怒放的黄菊花
坡地里碧绿的青菜

远处山峰挥不去的大雾
仿佛都与我无关
可是，就在昨天
我还如此疯狂地爱着它们

世界多么干净啊
滔滔不息的流水
开阔处，是不是还有风
在梦境里，凌波微步

不用羞耻

一个人在晨光里酣睡，或者假寐
都不用羞耻，他的夜可能更漫长
他在星空里，可能迷了路

好多事物早就醒了，他们的匆忙
混淆成了嗡嗡嗡的声音
他也清楚，院子里的柑子树
开满了米粒大的小白花

是该醒了，他翻了个身
是该醒了，他握了握拳头
但没想明白醒了后干什么好

还 有

凡是我想象过的
都在我的身体里
留下了痕迹

比如遥远的星辰，潮汐
地下的火山，光的速度
还有，爱的分子式

一束光

一束光，经历了那么虚幻的太空
再穿过一页冰凉的窗玻璃
找到了我，它毫不迟疑
让我成了一个清晰的人

想喊春天一声妈妈

我是一个头发花白的人
我把好多亲人都埋在了地下
是的，春天了，泥土也舒了口气
我身旁的桃树，正在活动它的脚趾
漫山的梨花，又像回到了前世
是的，我相信春天就是我遇见的神
我真的，想喊春天一声妈妈

捉一会儿迷藏

父亲坟头的野草
和墓畔的野草，长成一片了
那我就在旁边
坐一会儿

其实枯了的草，也是挺温暖的
坐上去，我就矮小了
我又可以和灿烂的阳光
捉一会儿迷藏
春风吹我，我是一个哑巴
身旁的枯草，簌簌作响

我们的虎

空气冒着卡布基诺的味道
搅着细勺，她目光压低
茶色镜片后的眼角，淤青变成褐色
抿了一口，她挤出一笑
多年前，我们谈起
婚姻、孩子、女人，内心的虎
五彩斑斓，热衷于飞扑与长啸

如今，我们的掌心混入了鱼腥
情爱的天空布满白旗
她继续搅动着卡布基诺
我喘着粗气
“没什么，习惯了……”
她与我之间，空气中的老虎
像青烟一样，幻变为
一座玫瑰的纪念碑

父 亲

像转述一场意外事件，他努力
澄清自己非肇事者
他很内疚，在病床上
指着头部的左边
那是一种神经性病毒，它们先是
在风池穴潜伏了一周
现在，它们侵占了他的整张左脸
水疱甚至关闭了左眼的光源

他用手指使劲掰开
“但视力真的没问题……”
声音似在安慰自己
多像一头臣服了光阴的豹子
他反复说老了，破财
用布满伤疤的手
抚摩肿胀，他忍着疼的时候
右脸的皱纹不断挑动
我从未见过如此聚精会神的悲伤
安慰纷纷落地，他又蜷进老年的牢笼

木绣球

“被爱咬过的身体，总有一处
沦陷于力与齿痕……”

你没有回答，第二次摁下时
闪光灯跑在快门前，像极了那时
我疯狂的闪念：
“所有的齿痕都沾染着闪电”

你传来一朵木绣球，细密的花序
那么多的小天使
躺着，你姓氏的雷霆滚过……

出丧或坠落

清晨，一些人死于昨日
或前天
出丧的队伍与锣鼓
代替他
向这个小城做最后的道别

一地的鞭炮碎屑
被节奏欢快的洒水车冲走

人们陆续走上街头
一些人发现
自己身边的人变成鬼魂
而另一些人
以鬼的身份，接受阳光的
洗礼，又变成了人……

我家的枣也在集体坠落
它们把自己
存放在冬天的雪地里
而没有哪一颗
能够重新回到悬空的枯枝

收 割

更多的喜泣已不属于你
比这更容易疼的，是每次惊觉

你像个收割者
赠我镰刀，空茫，孤独的练习

我身体的果实、甜，还有春天搬来的蜂箱
再也未曾受孕……

一遍遍练习。我的疼
是走到你的身边，看你涂抹空的意义

多年后，我知道喜泣也将无力
而唇边，悲伤也已长成了麦粒

疯 妹

我是不是也可以双手摁住《圣经》
对神说：要有光

疯了十五年，她交出记忆
性别，羞耻
还有——做母亲的权利

她赤裸地躺在镇子的大街上
死之前，有人可怜她
用一件破衣盖住了她的私处

一张无法辨认的脸。婶娘用板车
拉她回家的时候没有哭
一边给她擦身，一边说：世界上
再没有比她身上更黑的黑啊

神说：要有光，却遗忘了
给一个少女留下一丁点儿母性的光

地衣与你

身世如此，
你是远走高飞的读书人。
你是那天的阳光。
你是夏夜草坪。
你是压轴交响乐。
从未听过序曲。

我是邻家的孩子。
我是顽童。
我是缺氧真菌。
再具体点，
我是地衣。
轻轻咬你的裤腿。
一千次地尝试站立。

微　词

有时真会生气。
跑累了，
找不到凳子，
就生气。
明知过几天就会消。
还要生气。
且不遗余力。

千万不要来看我。
我很忙，

忙着躲墙角。
忙着和毛衣混在一起，
噼啪，噼啪，
打漂亮的蓝静电。

雷同

每只鸟，
都是一段打开的诺言。
它的飞，
是它的信誓旦旦。
它的落，
是它的自甘平凡。

每只鸟，
都有一双不合脚的鞋子。
树是鞋子。
河流是鞋子。
人间疾患，
也是它的鞋子。

它千百遍地试穿。
再千百遍地丢弃。

每只鸟，
都是可敬的一瞬间。

风雨夜

风雨夜。
说不出的话。
蝴蝶落下。

拿长镰刀写作的人，
也是琥珀收藏家。

他的口袋里有棉花。
烫手山芋。
隔夜坏消息。

他闲置。
他承受。
他也揉碎。

假 借

此时的我，正假借一只鸽子的身躯。
它奇袭檐上，喊出耀眼的白。
月色炎炎。水正调试和弦。
夜莺断羽，它们枕剑而眠。

证据既出，定有人留下灯光。
是灯光，打开子夜的书。扉页潮湿——
“一次，仅一次，让我做你的不可名状。”

镜中人

时钟的懈怠是有缘由的——
枕边留言。
轻声慢语的蝴蝶。
莫失莫忘花。

舞蹈的杯盘，破碎的杯盘。
坠跌尘世的心，遗失风景的旅行。
叹惋，相劝，还有最后的承担。

明镜深处走着不停歇的人。
他们矮小，谦卑，自在。
他们用小径挽救衰草，
用空旷带走天蓝。

圣彼得堡海葵

你慌张的样子，
像一只圣彼得堡海葵。

是真的。
我有白银乳房。
不会说谎。

我推翻。
我建造。
我搬迁。
我也带着毒，
到海里定居吧！

就像叶片，
带着自己的灰烬降临人间。

玩具房子

玩具房子。
才是真正的房子。
门口也有石狮子。
门后也有你和我。
光阴有限，
我们不安窗帘。
高脚杯碎了几只。

玫瑰香了一地。
我们不打扫。
不拾遗。
只顾着搭玩具房子。
只顾着通红。

壁花小姐

又或者呢?
一座不甘心的空屋。
邀来水族。
办舞会，摆欢迎宴。
大闹三天。

壁花小姐，
是只淡水鱼。
有浅红头发，
一双不懂协调的鳍。
她说，那夜，
她用闪电爱过你。

跑不开的夜色都在水里

你有没有想过？每天早晨到来的时候，
跑不开的夜色都在水里。
它们不及焐暖冰凉的身体。或者说不愿。
只躲在水底，带着薄薄的怀念。

水里有雕塑。破衣裳。星月之泪。
炽热眼眸。时间褪下的躯壳。

三 姐

远在南国的三姐祝我生日快乐，
跟我说在他乡离了亲人，一定
照顾自己，我说仍能感到家人温暖，
仍可以通过一个孤立的夜晚
回忆你火焰般的绯红衬衫、长裙。
成年的我身量也和你相似，
却再没有那样的阳光供我穿在身上，
像一只手曾领我绕过虫豸的尸体，
认识蔷薇或众多碎片聚集的气味。
你在四十岁上又添了小女儿，我说
三姐好福气，你确实满意，世界
从最后恪守清洁的乡野转变为忙碌的一隅，
种子包蕴的生长，从未变为理解的狭隘。
我这个做小姨的有些惭愧，
侄儿拉的小提琴我只听过两天，
也没记住过他们生日。
我羡慕你和姐夫，结婚十六载
还能在餐厅投身游戏，用深吻换得好食物，
你也不在意那些微小的错音，
这是你一贯的美德：宽容体谅，从不首先
计较自己的得失，把儿女和丈夫
当做人间的礼物。想到这里，我又反常地
思念起你低柔的嗓音，雨后天晴的平原落日，
你拂去座椅上的水滴，带我见识非同寻常的
树林，万事闪耀野兔绒毛般的白光。
其实完成这些并不费力，少女拒绝听从，
但也学会了削梨子、忍耐孤寂、节制地同情。
父母身体尚佳，你不必担心，他们刚刚问起
我的学费、定金，一边搜索英镑汇率，

我琢磨着腾出一些空闲打理
还未出手的旧书、旧首饰，省下买衣的钱
坐车，去你早已熟悉的站台看一看
那些太近了的、我还不太理解的生息之地。

我从未居住过的

青年期可以毁灭多少次？
天气持久的复辟，像鸟羽藏起的细节，
为我剥开贫瘠街道：小酒馆，
洗头房，五金店，夏天有更多凉风
钻进无手人的袖子。

它们彼此相似但无法相遇，
愈趋荒芜地带，行动愈加清晰，
陌生的灯光像亲属一样依次连接，
指引我踏入尚未冷却的地面。

那是每一个父亲将陶变成瓷，
结痂的空间发出金属啮咬的声音，松节油
彼此映照，像一个不需要来源的白光
在此蒸发，令砖石间的感官变得尖锐，
为寒冷绽放毛孔，汲取扁豆和烟叶的热气。

当我浸入水中，一个“冥想盆”形成——
上世纪的希望在洗脸池中旋转，
想想将要搬动的围栏漫无边际，
无人能从年少记忆中救起
在江上结网的散淡人：岸上的父亲和我
并肩而行，他指点灯火，希望天空黯淡时
保佑我的日夜，树下凄凄笛声正飘然而至。

那么“属于”是什么意思？
为何属于某一地点而难于改变？

是你的音乐在吸引我体内黑夜的复眼，
构造近于虚假的界线，这些难以分割的垃圾，
复活的废墟，再次统治
它统治过的诸多生命和欲望，
即使是一个谎言，而令我着迷的只是

你起球的橄榄色毛衫，溴化盐，
弗米加桌面上不规则的色点，
一度强烈的茴香气味令空旷厨房陷入缺失。
我是追随着它们，
也深深受困于我们本能的核心。

转场

她思索着这些升高的烟，
肢体间乍现的静电，
像蝙蝠贴着狭窄的天花板打转。
城市的汗毛对她关闭，
油脂滚沸的声音带她穿过
玻璃上变浓的白雾。
一个古老的傍晚，
时间像茶盅一样晃动，
直到颈部的风在谷底停息，
黑影便开始代替她
触摸相互折返的大陆，
朋友送的柿子在桌面上，
还不够软，亦不像劳申伯格，
漂浮的一两朵在睡眠中更为冷涩、固定，
希望它是最精华的部分
如我们对爱的幻想，
希望通过它理解再次陌生起来的
鼾声，或白天看到的
一个蹲在地铁出口的穷人，为所有人
在地面书写，那些越来越少的事物。

到灯塔去

——给Lefu

你给我写信时，我已在船上。
这不是第一次，
连银匙和面包也是借来的。

谁会相信我，
把证书和名字全都抛进海中？
我没有房间，只有很窄的床，
只喜欢那靠墙的一小半，
仿佛仍旧依偎着大陆。

留下的是为了风浪，
期待峡湾明亮的石蜡
为我吹来一颗彻底自由的星体。

但有时，也只剩下沙粒和氧气，
它们随处热恋的声音
像废墟上伸出的舌头，
使我们不由得闭上眼睛。

——或许爱中的错谬并非毁灭。
但如果另一些国度的女人们
仍代替我死去，那么到底什么是
成为我们的文明，
或你的一部分？

你也无法搬动庞大之物，
当鲸尾卷起船舷的香气，
这不可测量的清冷使我们睡着，
我们却不知道。

而光线是两匹相距遥远的野兽，
感官每次只能前进一点，
像快要被吞噬。

周 日

某个人正从梯子上下来
一个人坐着
另一个躺卧
只有躺着的人能看见
天空的灰白桌布蒙住了起伏的鸢尾

谁也没有说话
敞开的窗户可以代表
为数不多的共同心绪
气流正涌向寝室，啄我们干燥的脸

景色在于对单纯的索取
但假如你往下看
没有人在花园里给我们晾晒干净床单
石头也不是海边，这不是一座
捏造的银盐记忆

它闻起来就像任何一个内陆的
暖风的下午，什么也不会发生
偷偷不午睡的孩童
将长久寄希望于绒鞋和袖扣

那就是我，从一家黑色的英国人那里
借用客人的名义，在水床上
看刮来刮去的云像霓虹灯下的羊
跳迪斯科，展示一些被低估的单词

直到最近，我才学习后悔
——不应与同类比较任何情感
应该不带计较地，原谅或认错
坐车去看望灌木火焰中
刚刚迷途知返的人

然而我们的选择对于这想要启示
却永远隐藏的天空，是重要的吗？
还是相反，是它主宰了我们心仪的图案？
风用黏糊糊的手指把匆匆撕毁的答信
再次拼好，并放弃了
说服任何人的权利……

这一切静止，那躺着的人翻了个身
像是掩饰
坐着的人已离去
另一个人回到梯子
而在某人想要说话之前
我们就为睡着的人轻轻关上灯

在小镇

有时候为了活得更热烈一些，
为了看起来更热烈一些，
我走近一束阳光，拍打一下身上的尘土。
那些尘土，喧嚣的，热烈的。
有时候为了看起来能活得更长久一些，
更滋润一些，我走进集市，
与小商小贩们攀谈，
看一眼青菜酱菜，花鸟虫鱼。
啊我闲散的样子多像一个行尸走肉。
我攀谈的样子多像一位国家总理。

春花来信

叫春花的女人来信：
“穿过金黄的稻田就是寺庙。”
我以为这是一句诗，
它的关键不是寺庙，
是稻田，是金黄，是穿过。
我甚至以为，我是不是那个叫秋实的人，
着宽大衣袍，站在寺庙门口，
看风穿过金黄的稻田，
就是村庄。
彼之村庄即我之寺庙，
而彼之寺庙即我之村庄。

雨 滴

雨滴打在叶子上，它动了一下。
雨滴打在花蕊中，它微微一颤。

雨滴打在树皮上，树皮湿了。
雨滴打在泥土中，很快被泥土吸收。
雨滴打在水中，瞬间消失不见。
雨滴打在石头上，砸出坑来。
雨滴打在火中，火慢慢熄灭。
雨滴打在灰烬上，灰烬被击穿。
雨滴打在玻璃上，冲出沟槽，冲出灰来。
雨滴打在他脸上，他舔了一舔。

譬 如

少年的时候，
我喜欢吹口琴。下了晚自习，一个人守在窗口。
我不识谱。有人说那是靠耳音。
奇怪的是，像是对一个女人的身体，我的嘴唇
每次都能找到那个最准确的音符，
忧伤而熟悉。
每一条缝隙都是伤口。

和妈妈一起到玉米地里割草

妈妈，天底下
再没有比
扯南到北的庄稼，更长的事了。
那么长的一垄地，你一个人
割草，割到了头。而我才刚刚挪动了几小步。
妈妈，多少年了，我们之间
总差着26年的年龄。
我仍记得你在地的另一端喊我，光从玉米叶子间漏下来，
满地飒飒的风声。
妈妈，割草，要把草
一把薅住，仿佛薅住一个人的头发。
不然，草就会

顺着镰刀的方向
倒伏。妈妈，草总是逆来顺受。
草里的虫子叫得也很小声。

又 见

田野里的那个小坟，
麦子长高就不见了，麦子收割又露出来，
仿佛一个孩子
在捉迷藏，仿佛另一种
“水落石出”。我问：藏好了吗？
他答：藏好了。
而他待在那儿，一直就没有动过，
他春草的手指，
一直捂着自己的眼睛。

又下雨了

又下雨了。
夜里。小雨。
淅淅沥沥。
我又一次睡得很晚。轻手轻脚上床，
从背后拥着你。感受你
绸缎般的肌肤。
听着雨声
入眠。
觉得此生再无遗憾。
哦我可是拥着一段青山了，
你的曲线多么曼妙。

春 日

我种花，他给树浇水

忽然
他咯咯笑着，趴在我背上
抱住了我

三岁多的柔软小身体
和无来由的善意
让整个世界瞬间柔软
让春日
多了一条去路

凝 神

用麂皮擦拭壁上的镜子

可怜柔软的麂皮
偌大一块，不还价只卖30元
可怜一只麂子
全身没有几块
这样的皮子

可怜白云下青草里的
悠然奔跑
可怜月夜里的
凝神

人 间

没有更好的身体
和微笑，愉悦对方
否则
他会倾其所有献出来

爱，止于这一刻的身体
和凝望
否则
他会献上更多爱

人间
不富足也不薄凉
对每个人都一样。
于灵魂却不同

他每日登上峰巅
看看灵魂
看看它亦欢欣亦阵痛的模样
它献祭柔顺羔羊的模样

真 相

世人喜欢什么
商贩就造什么

喜欢玫瑰，他们就造艳丽的
喜欢刀刃，他们就造锋利的

姜被硫磺熏过，呈现优美色泽
橘子熏过，在这世上速腐

速腐之物为何出现在菜市场
小贩微微一笑

道出了真相：
“人们看重它们的品相。”

多少事物都是如此，自己造就的
总要由自己
把它吃掉

SHDHU BABA

双手合十，跪了下来
双手合十，迎着清晨圣光
向伟大的神问安

贱民无法进入神庙，怎么办？
他和他的父辈，把神的名字
刻满全身

SHDHU BABA
24岁在身上接纳神名
刻了四年，如今他时光将尽，83岁
双目失明
和妻子相依为命

一座金碧辉煌的神庙
和众多的行走过的神庙跪在一起
承接着
来自高空的温暖和救赎

火　苗

——写给雷洋

“帮帮我一下”　黑夜里
微弱的火苗

“帮帮我一下”　火光
从喉咙里滚出，照亮
青年脸庞，但只是一瞬

“帮帮我一下”　没有歇斯底里
那么的虚弱，那么
哀婉，而有礼貌

“帮帮我一下”　他请求得不多
只是一下

跪

很多乞讨者
是骗子
他不是

实在没有路了
终于要屈服了

他咬咬牙，闭眼
跪了下去

男儿膝下有黄金，屈从命运的一跪
多么艰难

白云在蓝天上
有碰撞出的，好听的叮当的响

教　义

甘南山水，给我教义
包括：

丰腴如女性腰身的绿色起伏
一动不动的黑点
那些腰身和腹部上的牦牛
无人迹处吟诵经文的幡布
清晨把奶桶拎出帐篷的中年妇人

玛曲湿地
黄河源头处，摇曳小黄花
和水光
将一座无垠的寺庙
铺展开来

红布条

森林绵延无尽
少人迹
如果看到护林小屋和狗
人烟就近了

而公路旁，隔几里
就现出红布条
有时，系在落叶松上
有时，系在杨树上
有时，灌木丛上
有时，一株小小的
升麻、老鹳草、水苏上

天地
会更静更广阔，雪很快
就会落下

到处隐现的红
会更鲜艳

堆 土

孩子堆土、插草
建造一座院子
然后将它推倒
重建一座理想中的宫殿

他专心致志
抹平重建
他兴高采烈
随意改变泥土的形状
他是无数世界的主宰

还好
他是温和的

重 聚

亲人从未远去
僵尸节，印尼南部苏拉威西地区

挖出他们
为他们清理泥沙，化妆，穿好衣服
引着他们
小路上散散步

每年都有一次重聚
有时，重见天日的人
会流露新客的羞赧

一位老妇人，颤抖的手指
为丈夫整理衣襟
她仰望他，像激动娇羞的少女

着迷微笑着
也含着依恋的热泪

张家湾

有一家人
实在小气。
隔几个月
买半斤肉
舍不得用自己的刀
总去邻居家
借刀来切

这是真的。
我56岁生日刚过
去补鞋。天真蓝啊
补鞋匠和配钥匙的
在闲聊

泾阳县

好像只有我
要把乡愁从泾阳县身上摘除
只有泾阳县
一步步取消我来路不明的身份
我猜，你经历了宇宙疲惫的旅行
火热的过往让你难以冷静
你再也辨认不出你的子民

而我再也辨认不出你的茂盛
你的温良和流水是否过期
辨认不出你疏密有致
曾被庞大的星空赞许
你的子民再也不会提着灯笼
在你沟壑的皱纹里尽情歌唱

大自然，烦请重新发明泾阳县
发明明镜高悬的月光
有一天，你伟岸的灵柩后
蜂拥的哀悼者
是的，我在人群中低着头
你再也辨认不出你的子民

人间剧场

释放出心里的鳄鱼
尚需一台3D高速打印机

何况这是一张金光闪闪的鲨鱼皮
有着80年代色情片质感的鲨鱼皮
仰泳的经验告诉我
鲨鱼任何局部
比整只鳄鱼更能打赢愤怒的观众

树上突然掉下来一架钢琴
肯定乱按了驾驶舱按钮的结果
我却认为是话剧演砸了
你想想，导演命令启动天气预报
直接大雨大雨大雨的

猩红的幕布俨然挣脱的火焰
一直烧焦了喉咙里的录音棚
一堆曲别针演员跳入游泳池
所以抛去时间成本和一切反抗
游泳池和猛虎可是近亲
小心了，出品人的经验告诉我
人间的剧场永不落幕
想要盈利又非常困难

起 床

灯光很弱 弱得像刚发芽的童年
闹钟用绳索捆缚星期一
另一头捆缚住一个马戏团少女
而我，一团糟糕
凌乱的心绪被理发师
理得像一块完整的草坪

我不需要一块有主义的草坪
这是原则，你得告诉我
愤怒的瑕疵是什么
雨水浸透的死亡会有一线生机？

铜镜放进榨汁机到蚕茧变成丝绸
是否点燃了一根烟的意义

其实，房间慈悲得像答案
走廊传来打鼓一样的脚步声
欢迎欢迎，左派来了！
听说送奶工人成功阻止一场谋杀
镜片的反光映射我尚在人间
街上闹成什么样子了！还赖床

失速的花朵

我侥幸从骨灰盒里
救出一具尸体
夏天的炽热唤醒了他的记忆
他平庸的一生听得我打瞌睡
主要烦他把冰镇西瓜
吃得啪啪作响

也能理解，我还见过一副中世纪肖像
一个酷似国王的男人
轻盈的步子从画框上下来
在深夜拨打一个报警电话
说他的王国被诅咒
臣民去向不明

而我活着的原因
是死神吃了官司　败诉了
我以为死后会埋进大象墓地
左邻旅行鼠教我消磨苦闷
右里，粗腿秃鹰教我空中补给
终究未能如愿以偿

一匹马

爱有多瘦
那匹马就有多绝尘
马从唐朝跑来的
只为在你心里
放上二两黄澄澄的铜
闪烁着绝世的光泽
这可不开玩笑
王维刚刚写好“雨中山果落”
那匹马又跑来了
像清晨的蒲松龄拿着戒尺
像武松，突然后悔了一切

心 魔

我衰老在童年
一样的迷宫里
拒绝以高粱的名义酿酒
拒绝雨季穿越石隙
拒绝厌世为荣

这么多年，走最黑的夜路
穿越细节最多的广场
不知浮生若梦怎样纤细、磅礴
甘愿奉上心魔首级

甚至，我应付孤寂的能力
被北方干燥的天空借鉴
它空旷而通透
又惧怕飞翔的伤害
倾斜一场慰藉大雪

马蹄声和大海的碎片
一起涌上心头
声音越来越大
像童年的铁环逆风奔跑
死亡也跟来了
请放松，再放松
轻吻它，爱抚它

哭一场

就像黄昏的身上又落下一个黄昏
她那么美　她一点儿也不知道
蹲在地上　想痛痛快快哭一场

不是愉悦，不是伤悲
不是愉悦里的伤悲或
伤悲里的愉悦
只想安静地哭一场
哭声的远处有一阵雨
近处有一匹马一条船
一片被自己打湿的绿草地
就像清晨的身上又落下一个清晨

她痛痛快快地哭了一场
背影消失在一匹马一条船之间
她那么美　她一点儿也不知道

按了回放键

阿米巴原虫在你肠道中钻孔
我在你心脏里造着寰宇星空

过 分

在这过分鼓噪的世界里
我爱你
并且我会成为有八只带子脚一样的章鱼
用我的每条触腕
使你歇斯底里地怪喊

X-Man

洗完两遍脸之后
鼻头溢出下一秒
被他消灭干净的酐酪皮脂

吃完三片奇异果干之后
舌底残留了
未被他咀嚼的一粒黑籽

泡完三个小时澡之后
夜晚回家
他背上立刻滋生两排脂肪粒

看完两千只蚊子表演之后
他已经预备结束了
某个燥热夏季

丑

啤酒和你太像了
比矿泉水还廉价
生硬喝过头
像吃饭睡觉失去理性目的
丑态
三次走进浴室
洗洗头洗洗手
力图去消化吸收肚子里的五味
未必出于饿极了的缘故
更不是因为好吃

大 便

我喜欢被问：你好吗
迫不及待地答到：我好极了
我的健康不赖，除了肠子益菌不足
我试图在破坏那些干扰我大便的麻烦
小心
我非常幸福

假装失恋

我们都效仿了上一次
被窝里其中一把温度计降了3℃
想找个胖子抱我睡觉
空气中少了40%的粪臭素
那把开罐头的刀能缅怀一年
不动不爬一晚后连吃三碗鱼段面汤
粥汁顺着口角流到大胸前
好想钉住你的食指
我请你吃鸡喝鸡汤等待药到病除
生理缺点变成生活污点

梦卜

上唇系带里冒出来好多只硅水凝胶
被俘获的新情人自己削成了杏仁脸
珍藏到毕加索随意擦过嘴的餐巾纸
想躺在一只长臂虾怀中一天又一天

祝都能高潮

消灭五十斤沙丁鱼罐头吃到了最高潮
一手一个枕头抱在怀里睡到了最高潮
脉搏频率控制在一百二嗨到了最高潮
起早喝了半杯大冰渣儿泻到了最高潮

好想去淋浴房

八十六小时的连续劳作
积存未脱落的皴吞噬了你最爱的白色T恤
被埋在皮肤的毛囊里
仿佛在说那边有间淋浴房
还有张空床

他眼里的我

我想躲在自己的口袋里
张开嘴巴伸出舌头死在这
可是他隔着口袋小声呢喃
你比昨天好多了没有那么丑了
今天你不是一只
没有欲望的金枪鱼
失去重力的金枪鱼
随即发了霉的金枪鱼

测 试

下一秒你想发生什么？
长出两条大长腿和丰满大胸
拿到四张附了最美照片的证件
盘点口袋发现钱越积越多
吃了一块草莓蛋糕多活100年
想要的东西通通失掉有效期
猎取到一排白甜且可爱的朋友
想听到关于那个人的一点消息

最想发生事情是？

AB面

他说
这辈子在一起
下辈子在一起
下下辈子再分开

这辈子
原力再现帮我变玫瑰
因为贪恋
我会悉心照料他的花

下辈子
我蓄力做蚁后
他续命做蚁王
我还想跟他继续撒娇

下下辈子
吃完最后一碗海鲜汤面
我决定在A面
那他就在B面

神经统治精神

每月总有那么几天
夜晚变残废
像来月经一样准确

像被马丁尼灌了肠
尿液增加
思想涣散

我怕
世界变粉末
中枢被火化
耳聋且眼瞎

我怕
手不灵巧
冷淡无能
不孕不育

胆怯的十几秒
神经统治精神
开灯洗个禁果
再来解决疑惑

粉状的人

人是粉状的
无毒无害的粉末
与人互不黏着

没有嘴脸
看不到丑恶
没有大脑

世界会可靠
没有骨头
省下了皮肉

不必用力
不长胡须
不用担心破坏规律
然后犯罪

不用伪装成一根电线
跟螺丝互比重要

不用怀疑和他的关系
被腐蚀更不如从前

长风几万里

春天快要来的黄昏，开发区的大道仿
佛变成了幽幽径。从这里通入混凝土厂房
你可以不
顾堆集成山的包装薄膜，在半成品间
漫步踏青。换气扇将在漫长长的夏日制
造长长风，慢悠悠地吹过头顶。
我有时抬头望向窗口，巨大的白云就
像无边的爱，在灵魂深处泛泛滥
但交给了空无。我在食品工厂走向大
自然
听到机器唰唰地轰响，常常觉得秋夜星
群悬挂挂空中，冒着寂静的热气。

就像，就好像

就像时间往回走，可以见到更多的蓝天
就好像蓝天下，又见到少年时代的恋人
她绚丽的裙裾正在进入一片小树林
就像站在桥上，望家乡的远云
发现自己内心正有一名小男孩，带着
父亲母亲的贫穷，进入正午时分。
就像时间终于告诉我们是谁
谁还记得我们的颤栗，欢笑，眼泪
从纪念日返回故园的一个身影
被留下来：白杨树枝飒飒作响
就像要回答我为什么在故乡
无法谋生。

纪念我遥远的诗歌同道

看到阳光冲出云层，火车正经过往日
的皇都。
那么多白云乌云，各安其命。天底下
水田里，分布着几个弱小的百姓。

似曾相识的树与树林，连绵千里
好像这里那里，可以放置一段光阴，好像在那儿
可以呼喊她的姓名。
河水，浮萍涓涓东流，每一天都有变幻
大风和倒影。
如此广大的国土，狂飙的生命，热血
变得平静。

美，是永恒的，但极其短暂。
小睡片刻，我发现我正从遗忘中缓慢归来
身上再无令人骄傲的光辉。

春日黄昏忆旧

曾有一次，在凝薰桥上站立
望向千灯镇不要钱的风景
我们永难忘记，感受到爱以古老的名义
还存在于它的中心
方泾桥头的木瓜树还叫木瓜
春风仍摇树枝，放学回家的小学生
依旧是桃李。
拜访顾亭林故居的人们
嗅到书香门第中的烟火味
发现明朝的摇晃
是名词，清朝的田野是动词
在人群中招手的姑娘，带着改朝
换代的爱情微笑

远去而明亮的灯火，为我们安置了春天
新来的夜晚。

春天的王朝

我几乎快要疯掉，东方的春风
吹开了桃李，却又在撕碎杏梅的裙裾
我朝轰轰烈烈的春天
危在旦夕。

我脑子里，装满古老的痛苦
已经两千年了，这世上这么多条路
都被无路可走的大臣无情地走着——
我恨不能吃了他们，洋芋，山芋，土豆。

我恨不能不认识那些分裂后
远去宇宙的闪电。一座又一座山头
逐渐被忽大忽小的雨点
拿了去。

接着出现被抛弃的感觉，我的天啦
我真乃孤家寡人！我的灵魂里养着一颗
孤苦无告、左右不是的灵魂，它还强烈要我
去否定，去肯定

陈元秀、李煜那种满含热泪的平静。

回忆二十世纪八十年代广种苎麻的那一年

据说那年西方麻料稀缺
外贸局来人像伟大领袖指导昔日的社员
在钟滚垱一带种下淹没村庄的苎麻。
我们兄弟姐妹七个，整个秋天，都在剥离麻皮把它们浸入河水。
晚上做梦，我们已经长大了，还在重复那种劳作
河水散发恶臭，麻丝变成城里的衣物。
灰喜鹊大量死去，只有几只野鸽子
站在电线杆上咕哝
继续跟我们一起，在村子里生活。
我能感觉到那是二十世纪八十年代最好的夜晚
黑暗而平静。有时月亮清亮
好像可以让所有巡逻的树木，悚然站定。
好像可以教人亲吻。
仍然有鸡鸣，像古代中国那样。仍然有牛哞
留下牛屎。
仍然有农妇，喝下农药。仍然有伯劳消失
又归来，大约还认得
我们这些始终没有被生活解放的面孔。

冬天的诗，仿罗伯特·勃莱

我国的走兽从不大规模迁徙
东南西北各国设有禁苑与栅栏，它们没有这个习惯。

勇猛的秦国人南下时，熊氏家族才想起
在郢都起飞，除凤鸟以外应给猪安装一对木头翅膀。

所有人的等待都十分漫长
当枭首，坑灭之时。猪鼻子也长皱纹。

德水活活东流，攻伐之际
那冷兵器时代的肉体，带着壳又有何用。

不如化为麻雀或希有飞走
仗剑去国，不如大鹏飞兮振八裔。

这是我国冬天里被装进飞机的人的理想生活方式
可乌鸦与喜鹊，也喜欢停留那时候华北平原的猪圈。

女同学

她点亮煤油灯，移向我这边。
她低头，并未看向谁
拿着钢笔手掌支着脸，想她的作业。
她皮肤，是熟麦子的颜色
她笑起来，两颊荡漾出动人的
安静的酒窝。
那时，现在，古老的酒窝也极其少见。
许多年过去了，我好像忘了她的名字
只记得那笑靥。
煤油灯下滋生的无声喜悦。
我还记得我穿着破棉袄，和牛车上的书箱行李
一起回到高石碑中学。
记得台灯没有油，但不缺师长，风俗和
规矩，善良与贫穷。
我世间极其美丽的女同学，一毕业
就没了音讯。
几十年一晃而过，在极其短暂的春天
我想起她来了——她叫常英、董芬或罗振红
类似贝德丽亚采、格丽琴。
她一定在别的地方
微笑着
阳光照彻，像怀念尽头的小山。

京口瓜州一水间

带着不知天高地远的疲倦
来到江边
瞭望失掉桅杆的客船，如此之多
漂在水里。
带着由它去的疲倦，看到远古的时代
太阳落山，舻舳相会
女子唱歌，倒尿盆。

在京口，在瓜州
世界这么大，穿着普通的衣裳
碰到一块
石头。
女子向江中扔下
她的宝贝。
泡桐花掉在地上，夕照爬上土丘
——天色变暗，好像是说，去吧
不要再回来。烧成灰烬
不要再回来。
这时候，我在想我的祖国和人民
建造了这样的废墟。
各式各样的头颅晃动，在阴道
在子宫。
在被激情和时光摧毁的脸上
疲倦，孤独，将陆续
回到它
漫游的家园。

谢仲成 的诗

XIE ZHONGCHENG

兄弟树

自从　一朵白云抵达故乡
我开始赞美
五月　最后一簇箭矢射向天空
整个辽阔都是我的
这个季节只有一种结局
旋舞随之停止

仿佛多年前的闪电在今天才击中我
劈开一道道充满敌意的声音
仿佛一把伞装满所有的雨
一场雨熄灭所有的热情

茶与水产生浮沉
罂粟与美产生毁灭
冰与火产生绝望
你我之间产生爱情
但今夜　我谁都不爱
我寻找种植身上的兄弟树
并抚摸时时存在的危险
眼睛为夜晚的灯
心灵为上帝的手

雪落在故乡的庭院

在这靠南靠北的城市
下一场雪
不是新鲜事

再浓烈的雪
也无法把每一寸洁白
覆盖成故乡和母亲的模样
雪落故乡的庭院
如此安静
很多年了
母亲头上的雪
一年厚过一年

我想
你应是一片雪花
一年之中的某个季节
相约而至
仿若长于半空的冰绡
让我惶恐
更让我不安

每一场雪都大不相同
莽莽雪原
潜藏着多少秘密

炉火正旺
一双温暖的手
一颗纯粹的心
看雪花盛开
看雪花枯荣
看容颜渐老
看岁月安好

我看见水中的芦苇

微风中
所有的芦苇不动声色
我看见芦苇与水和光的颜色

无限接近
这让我想起
彼此的距离

时间似乎不能称之为光
只有阴影
只有你和我的思想来路不明

深冬里
芦苇以我的另一种姿态站立
心事十分
一夜白头

像一朵枯萎的花
在记忆深处
唤醒沉睡的时光

幸福必将降临我的一生

一方水塘如此安静
甚至于来历不明的一只水鸟
也波澜不惊
这样的季节
合适一切隐匿于最深处
除了你我之间的秘密
一池残荷听更漏
这无边的寂静
只有我的目光孤独其上
当危险不期而至
坍塌的声音重临深渊
幸福必将降临我的一生
我深陷于冬天的样子
有新娘的娇羞
有你的梦影

向暖而生
大片的阳光
孤独　有好看的颜色和出处
只要我活着
便会爱着千年不败的光阴

我记得子宫里的黑暗

在某一个山坡
我想抱紧深冬的大树
树上密密的纹路
刚贴过妈妈的脸

枯草蔓延
种植我一生的发须
在此生根发芽
我的妈妈在屋檐下打盹
忘了染发

我匍匐在柔软的泥土上
仿若重回黑暗的子宫
有妈妈的地方
即使阳光照不到
也觉得温暖

花开三年

花开三年
我已经老了
倾斜后无人扶正的旧时光
又有什么拿来媲美

风吹如生　繁华若梦
有人经过
有人离开
叩首问佛
花在世间

鸽子在此地飞翔

春天远未抵达
万物已腾飞而起
一尾洁白的鸽羽
深深刺痛最亮的阳光

仅仅一个下午
被啄碎的一地斑驳
又被双翅抚平
看见它们
同时看见天空的一部分

看久了
总有一只鸽子
替我飞翔

菜薹之思

比有些生命活得长久
一年一茬茬地长
一茬茬排列整齐
与百花格格不入
面向寒冬　暖阳隐退

经常被人口口相传
那是你和众人赐我以名
就像她们一样呼唤你
就像我给泥土绿色和春意

一定有我们共同的
比如和风同样行走的空气
比如蓝天下的相依相偎

很难说谁比谁快乐
谁比谁高贵
尘埃挥去
我不经意呈现的脸颊
仿若佛陀摊开的手掌

悲喜潮水般涌来又退去

我一直在想父亲
伸出他长满双茧的手
能够像我小时候那样摸摸我的脸
就像枯枝
抚过一片树叶
粗糙的父亲的手
还有时间
还有我的脸

父亲的手
半辈子接触粉笔
半辈子亲近泥土
如今却不能抚摸我的脸

这些年
每时每刻都在发生一些事情

悲喜潮水般涌来又退去
有些记忆却一直在生长
比如父亲的抚摸
比如那一条已死去多年的花狗

亲 人

雨，从高远处
干净处，来到我所在的一小片人间

她们是我的亲人，过段日子
就来看我一次

就像母亲，每次来
都把我的尘世擦洗得一尘不染
跟新的一样

我喜欢的春天

不是春色撩人，翅羽高飞
掠过额头。不是风一阵比一阵暖
水一波比一波柔

睡在地里的人，不再贪恋花枝
不再怀抱谷粒回家
雨水向下，也有睡不醒的事物

满目苍翠的田野，泥土湿润芬芳
草木高过坟茔
盖住了人间最大的悲伤

谷 雨

雨一直下，从南到北
从东到西。这么多雨，我们又出现在
同一场雨里

我们的衣服，晾在同一根树枝上
雨后的阳光，像小小的花朵，一朵连着一朵
缀满我们的衣衫

竹筐里的青草新鲜欲滴
小镰刀像弯月，我们梳羊角辫
还不懂羞怯之美

坏消息

年节回老家，听说村里的
接生婆死了。车祸

撞死她的是几个半大小子
醉驾，无证

她当时只伤了腿
是被几个小子活活拖死的

据说，拖死她的几个小子
当年都是她接生的

我需要一把干净的椅子

比我还干净
木质的身子，密不透风
曾接纳过鸟鸣，露珠，果子，雨水
和云朵的抚摸
经历过四季，体会过温差
冷过，也热过，爱过
不曾恨过

椅子是原木色的
也不必雕饰镂刻。避开主位
放在安静的角落里，灯光不宜太亮
但要柔和。我坐在上面
不用说什么

这样的椅子，只一把就够了
有没有人来，它都不空

生日帖

又系上一个扣子，身体似乎更严实了
夏天已去，风里的哨子
越来越长，影子越来越短

这初秋日，每年都在身体上
系一个扣。如今，几十个扣子的身体
已经密不透风，森严壁垒

早起，煮两个鸡蛋
做一碗长寿面，今天不减肥
只减脾气，和车速。像水一样笑出声

秋收在望。许下心愿
万物都要结出果实，我爱的人
平安健康，都有一个黄金的收成

野葵花

找一块地
种上谷子，大豆

再在它的边缘
种几株野葵花

我替庄稼活着
野葵花替我活着

秋天薄凉
男人扭断野葵的脖子

有些东西，像花瓣一样
从我身上落下来

一个非虚构事件

二小子打工挣了几个钱
回村请哥们喝酒，硬生生喝死了

哭声在半夜哽住。为了躲避火葬
家里连夜把人偷埋了

村里有人揭发，人死必须火葬
土葬的人又被挖了出来

才发现，里面的人
被埋后又活过来过。他抓破了脸

撕碎了衣服，抓烂了十指
在地下，一点点，又死了一回

有些东西适合同归于尽

火旺旺的。烧火人闷头添柴
木柴在手里出了汗。水，还没有开

他体内也有一团火，越烧越旺
一双手，往他身体里不停添柴，一直添

水，冒出热气
但还是没有开。锅盖子捂得严实

烧火人带着体内的一团火
投身火里。水终于开了，沸腾了，跳起来了

火越来越大，一把抱住水，摁进了身体里
水越来越少。火尽了，水干了

闲置的木凳

松柏下的几只木凳
好久没有人坐过了

阳光晒得暖暖的
也没有人坐

雨水过后，木凳光洁
还是没有人坐

昨夜，好大的雪
许多雪花坐在了上面

哦，这些公墓里的木凳
能坐下来的人，来了
很快又走了，留下来的人
都习惯了躺着

和父母一起睡

睡梦中，时而听见木桶
一次次掉进深井，水花四溅
时而听见家中花猫舔舐骨头汤
正准备起床，隐约发现事有蹊跷
“老幺比老大乖多了，醒了也不闹”
父亲的声音从山涧溪流处传来
第二天一早，我要求分床睡

我挂满废墟的身体

耳朵疼，躺在床上
下过雪的阳光折射玻璃窗
照亮我满是废墟的身体
新买的百褶裙打着瞭望的手势
我像故乡过冬的溪流一样
从暗河里冒出来
从几乎埋葬我的雪层冒出来
奔向你，奔向花环和春天
每缕太阳都是哥哥撑起的大伞
我们一起走，太阳也走
心不疼，耳朵也不疼
一直走到鄂西北，有火盆的屋子
我们不停地添加黑木炭
烤热我灌满了眼泪的耳朵
身上的废墟，丢进火盆
这灰烬最适合做春天的肥料
哥哥，我们这就去麦田

你走后，我就过时了

你给过我旷野
给过我满树柿子和秋天
我把这些坐成雨后的广场
想到丰收，风刮得很大

一只黄狗与白狗正在跳探戈
木瓜海棠一夜之间从枝头溢出
空旷或粉红，我从不敢预知
屁股下的台阶承载了多少欢娱

春天和绿手镯一起套住手腕
草坪上散落着喷泉溅起的水珠
湿润的光，依然会割伤秘密
柿子树也许又会重新勃起

广场越来越热闹
人们逗弄跳探戈的小狗
有人叫卖着："柿饼，打霜的柿饼……"
我把眼睛垂进甜蜜的旧回忆

自从你走后，我就过时了

我要去找我的皮

终有一天，我会变成
你曾经最钟爱的一条街
围起蓝色栅栏，给我写上"拆"
我多想，一直耸立并"照常营业"
那时，没有一条路能接近我
挖掘机一响，墙壁就掉下一块皮
就像给荸荠削皮，还用刀挑掉芽眼
我也有荸荠般雪白的肉体

当我失去了你、爱情和皮囊
还不如曾经目睹的一个小女孩
她的手蹭破了块皮，滴着血
她却哭着喊："我要去找我的皮"
纵然找回的皮，无法重新安在身上
我也没尝试过，去找回我的皮

在情欲里努力

为青草，我反刍了夜晚
我像黄牛套上犁头朝前走
每走一步，有四个脚印
踩住土地的七寸，再扒开
让它们都裸露出黑色的隐秘
越卖力，坚硬越不容易被更改
为了播种，土地需要柔软而多孔
庄稼一收割，泥土最坚硬
粮食的根牢牢地掌控着它们
拔起玉米茬或小麦茬，会拔起泥土
甩开这些泥，就像甩掉情欲
终究会掉进土地，进行下个轮回
我不停套上犁头，让泥土松软

大人物

老人们说完古，感叹：
"大柳将会出一个大人物"
我问："在哪里，到底是谁？"
"正中央凹处，是个女娃儿"
八岁的我，恰好住在大柳中心
我出生的时辰符合种种契机
当我站在能望见金顶的山尖
太阳和我统领着一切矮小

浆果在味觉里碎成真实的虚妄
山压着大柳，我压着山
汽车在大山的缝隙里爬行
行人像一粒粒滚动的山葡萄
恍然间，我觉得自己是个大人物

玉　米

玉米一粒粒填满我
土地把我养得遍体金黄
这样的颜色正一点点褪去
街道旁坏掉的路灯
太阳下说情话的白皮肤青年
骨头里撕碎的玉米壳
子宫深处不敢露面的婴儿

布满沟壑的遗言

温书，听见鸟群悲鸣
走出屋，鸟粪恰好落到头顶
外祖母说，将有亲人仙逝
她平静地晾晒自己准备的寿衣
红色贴身那套，可避开阴间酷刑
还有不同寓意的白色、黑色和花色
统一缝制成斜襟盘扣复古式样
“婆儿愿意当一个老故时的人？”我问
“最耐看的扮相，和祖师爷的一样”
外祖母边说边打开三尺三寸的牛牦毡
那是十多年前武当红松木做成的棺材尺寸
她是那么精心并热切地渴望奔赴死亡
竟然忘记安排她走后留给我的恐惧
该如何消除絮絮叨叨背后的眷恋？
她的寿衣在阳光下飘出陈旧的味道

我打个长喷嚏，眼泪哗哗地掉落
“我走后，你就成有学问的大闺女啦”
这话，根本算不上满意的安排
我拉住她布满沟壑与山川的手，试图阻止
她无意识地卷入那可怕的轮回之中
外祖母用另一只手，慈爱地扯了扯寿衣
上面有一些被等待压得太久，生出的折痕
直到她走后，我的头顶还有鸟粪的气味

仅有的，给清水

清水总有停止流动的时候
我总是乐意尽快结束
用葫芦瓢舀着原本干净的泉水
身上溅水花，盆中开始混浊
水汽中羞涩的曲线和发烫的躯体
我将仅有的秘密都交给了清水
总有些别的事物在身上流淌
尘土和汗垢从皮肤上掉落，
瓢、清水、木盆就是整个世界
它们安静地打湿了我，还有村庄

斋 戒

云朵和我都是穷人
可我们都摘到了星星
就像你没有料到萤火虫
一亮，它们就为黑暗生火做饭
要不然，那些斋戒的植物
如何能饱饱地回到黎明？

走山路，有了初潮

郧庙路那时还没名字
石子路沿鄂西北群山打转
一会儿上坡，一会儿下坡
从吴家咀到大柳中学
拐六个弯，翻一座很陡的大山
看到山垭子那边的电线杆时
我的小腹涌出了一条温热的河流
和同龄的燕子描述的感觉一样
不会错，它终于来了
比同龄人晚了一个季节
比我远离大山早了整整六年
剩下的路，我一口气跑完
跑得稍慢，害怕秘密会滴在山路上
跑得稍快，害怕那血红的溪流
比预料，更快地跑出身体
它流动得矜持，曾一度中断
我怀疑是生理构造出了小差错
背包里的书和远方，跳得忽快忽慢
叽叽喳喳地给十三岁的我出点子
我徘徊在乡政府旁边的小卖部
像做贼一样，买了一包洁白的秘密
拆开它们，试图堵住那条溪流
我越堵，它流得越远
从鄂西北流到四川盆地，流到江城
流过青春、落叶、街道和城中村
甚至在梦中，鲜红的颜色溢出郧庙路
把天空中来来往往的云朵都染红了
连同那些掌握不好速度的奔跑
时而中断，时而膨胀出大股大股鲜红
我怎么努力，也没看到山垭子拐角处
那根引领着青春和远方的电线杆

女孩和银杏

对于我的目光来说
陷入你的手指
也许是不错的选择
亲爱的，我用两种语言爱你：
一种是月光，一种是空气

离开那把终日沉默的椅子
我在房间里走动——
房子不大，三十平米
伸手即可触摸到真理
城市陷入月光
这个夜晚，一杯茶，一支笔

爱情和闪电，究竟哪一样
在推动光阴，沿逆时针靠近你？
我身体里的河流
植物内部的火焰
一阵风追逐花的香气
黑暗中有一首歌在我的眼中枯萎

那些细小的爱情我可以忽略不计
那些细小的疤痕教会我缄口不语
梦幻的火舌，我嘴唇里的阳台
孤独的异乡人
喃喃低语被琴声引向哪里？

血液的长廊，生殖的锁链
我的身体被你的手破译
幽暗的冰与群星彼此打量
街上的女孩和银杏一起失踪
一切悲喜皆可入诗

我踮起脚尖亲吻月光
我的爱因此有了光的质地

失　眠

我在夜里见过你。你眉清目秀
与黑暗同党。你抬手就是星辰
手起刀落：月光缤纷，遍地盘缠

你掏出孤独、河流和秋风
这遍地的碎银买走多少乡愁
你穿云越水，占据我身体的半壁江山

生灵在花朵的崩溃中苏醒
这片面的看法被土地认同
水声磨损石头，众鸟飞向天边

一个人从生到死，是两杯水的距离：
一杯比另一杯更渴。一生的散步
从黑暗开始。月光采集树林和诗篇

神看清了这一切。情歌无边无际
你在一首歌中沉陷。秋风四起
吹醒猛兽和果实，吹瘦河流和远山

一个女人的姿色在夜晚流淌。今夜失眠
果子纷纷向大地投降。你的唇找到我的吻
犹如民歌找到琴弦、羊群找到草原

总有一种生活让我们心如止水

合上书本　时间是灰暗的光线
总有一种生活让我们心如止水

合上书本　时间是灰暗的光线
穿过远山　我折叠的道路一节节打开
穿行在我的眼睛和你的脚步之间
八月的云朵飘浮在青春与海洋之上

雨水自花瓣长出果实般的星星
幸福的八月　多少秘密在传诵
少女一夜怀春　秋天是一面铜镜
风提着我的衣领进入了谁的梦幻

亲爱的　此刻整个城市空无一人
唯有灯盏包围着他们　与梦神交谈
唯有你我醒着　孤独而热烈的言辞
一如星辰明灭在你我的指尖

那些曾犯过的错　撒过的谎　都是因为爱你
爱我的人　他爱我的率真与固执
淘气的蛙　善良的蝉　水一样幽深的叫喊
黎明前的亲吻一如平原上的花朵加深着黑暗

万物生长　每天都有人出生或死去
亲爱的　唯你我在晨昏之间　在孤绝的时空
嘘寒问暖　默默流泪　争执　低语
蜜蜂落在花蕊上　它的孤独清晰可见

告诉我　在哪里能买到月光和你的温暖
亲爱的　总有一种生活让我们心如止水
我星辰一样的目光　落在你的背影里
一如这首诗　折叠在我的眼睛和你的脚步之间

黑暗中的交谈

黑暗从舌尖升起：微苦的秋天
从时间的顶部收缩至冰块

人群散开的部分留给幽灵居住
话题鱼贯而入。夹竹桃的黄昏

音乐的锦缎。颗粒饱满
的猫咪和文艺女青年。从一条街穿越
黑色的睡眠。茕茕孑立的事物
向晚的感伤迫使黑暗空出一个茶杯

九月。一个人和一群人的四周
风填满时间。寂寞溢出的部分
车灯在肠胃中泛滥。从巴洛克到
魔幻，从本质到表面，从手到手

小型约会从一杯水变成更多的水
声带有一把钥匙，却无法打开一扇门
道路与身体，灯火与住址，鸟与天空
犹如上帝写给人间的信被风吹散

夜晚八点。声音的河流被街灯拓宽
烛火与茶具落满目光：神祇清晰可见
场景置换。遗忘的雪花铺满电子屏幕
一座咖啡馆在黑暗中闪烁我们的交谈

八月：吹拂

每年这个时候，草都会簇拥着树
穿过时间。风吹落日，众鸟归巢
寂寞吹拂黄昏，发出沙沙的声音
天快黑了，人们说话、散步
在一片夕光里找到了幸福

太阳把光芒禅让给道路和远山
大地上的事物退回到眼睛深处
虫鸣和蝉声依次熄灭

埋在土里的人从书卷中现身
用月光吹拂草地、星光吹拂天幕

故土遥远，草色无边
草是没有心的。树也没有
那些过路的萤火虫用灯火
把梦魇降低了一寸。那些无家可归
的花儿，在露水中洗净了头颅

亲爱的八月，请你把幸福交给草木
以及我爱的人。请你把黑暗还给我
逝者在天空交谈，孤独是一条小径
从眼角出发，通向家或坟墓
不悲不喜之人啊，请取走我这颗平静的心

中年的雪

在匆忙里弓身，
松果落到脊背上

雪霁，年幼的松鼠
在树枝间练习弹跳，
像一道闪亮的光线
但并不刺眼

树上堆积的雪
大都已经落下，还有少部分
在枝桠间暗藏怀念，
让对峙弯曲柔软下来

这片刻，我可以放下
手中活计，不急着下山，
耐心地等山下孩子
把雪人堆好

细草间

这么说吧，
细草是你写给我的信，
最后一封信，在其中，
我摸到月亮的骨头和
荒凉的稗子，
曾在草叶上野果子一样
滚动的人换了件新衣裳回来，
他用泥泞词语筑的墙

轻易被一只邋遢的野狗穿透，
这多不可思议，
它跑来嗅嗅我，
我深知这友善的问候，
这怀疑和警惕的
细草间“嗖嗖”凉意

对门的老人走了

对门的男老走了，
闻到香纸味才知道
这幢楼里又少了一个人，
这个单元又单了一个，

平常安静的房屋里
人突然多了起来，
常年关闭的防盗门这两天
也昼夜都敞开着，

在一个楼道里生活了
十年，我甚至不知道
这老两口的姓名，
像我认识的很多
叫不出名的人一样

人老了，就成了
不大作声的植物，
比如楼下的香樟树，
而独自垂在凌晨冷风里的
吊兰是他的老伴，
她静静坐在灯光下，
亡妻走时，她曾说，不要哭，
让她安安静静地走吧

他们也像清晨的雾，
我送儿子上学返回的路上，
经常碰到这晨练的老人
与我挥手问好，
现在，他只能用
留在雾中的一副白手套
和我简单地打个招呼

海 绵

无聊的时候，我就拿海绵吸水，
它能带给我一种满足感

手机频频提醒大风降温预警，
大风也带来一块巨大的海绵，
朝着站在风中迎接检查组的我们
猛吸过来，让人站立不稳

事物都以爱的名义存在着，
爱也是海绵，相爱的人都拿着
海绵对着彼此在吸

河床干涸，我不免对大海
有了一丝忧虑，开会时我说了出来，
他们错愕的神情像极了木乃伊

香樟树的问题

太阳照在旋转的搅拌机上，
它也从多日的阴冷雨水里滑脱，
虽然其不绝的噪音令我不堪，
但我原谅它这孤独的庆祝

问题是，太阳出来了又能怎样？
只有新问题来临，才知道
多日期待的并不是它，那么
期待的是不断出现的新问题吗？
而一次性“解决”并不存在，
我们旋转着前进，一层层剥洋葱

西外环清理一空的光秃山坡上
迎来了一批被砍掉头颅的新主人，
这些移植过来的香樟树
在阴冷的冬雨里像放风的囚徒，
现在，在暖阳下又显现出了生机

冬去春来，他们又会长出新的头颅，
只有少数在拒绝中死去，这些
经过反复确认的经验几乎
不是秘密，几乎让我们放弃所有疑问

你永远不知道鸟想和你说些什么

徒手而立，静静的
雕花铁栅栏，
湖水松开了挽我的手，
退到视线之外，
大风停息，初雪
已经在别处融化，
靠在椅子上晒太阳的人
看起来就像一座孤丘，
一只黑鸟从晒衣架上
跳着芭蕾舞步试探着挨过来，
它尝试透过玻璃
菱形的反光与我交谈，
但我需要出发了，
我站起来，无数个

层层重叠在一起的我
也纷纷起身，分离，
他们叮叮当当的声音
吓坏了这善良的鸟，
它疾速冲向矮林间如一枚
想射穿自己幻觉的炮弹

清晨，霜降速记

霜覆在车顶和植被上
像刚刚下过一场薄雪，
也像夜行人留下的冰冷足迹

它摁住嘈杂的脑电波
给我以永恒静物的欢喜
它是冷的，这又有何妨

路边的草木早已放下辩论
小汽车顶着霜飞驰，
在阳光下神秘地汽化

车过武昌湖，
武昌湖有雁鸣的传统，
霜从阵阵雁鸣声中降下来，

湖边蒲棒、枯草正在
闪亮的瞬间，层层波纹中间
早起的僧人在微芒里诵经

给父亲写首诗

父亲住院了，多日低烧，
查明为肺结核及肺部炎症，

退休之前他因老慢支病歪歪的，
母亲每日到医院为他讨要胞衣，
洗净，或煨或炒给他吃，
我还记得二十年前结冰的河边，
母亲细心清洗胞衣的场景，
粗略估计大约吃下了百余个胞衣，
父亲的身体终于硬朗起来，
退休后他戒了烟，但酒不断，
现在已81岁，每日仍两餐酒，
他还骑电瓶车去永固村伺弄菜地，
他从不听我们的劝告，固执得
如同母亲说的茅司缸的石头
又臭又硬，父亲从小给我的记忆
是粗暴、野蛮、自私，没有温情，
我甚至把他当成反面教材，
也几乎没有为他写下过只言片语，
几十年来，母亲常因他的暴脾气
以泪洗衣面，但现在，
她仍甘心情愿地在病房服侍他，
躺在病床上的父亲没有脾气，
一个老人迟暮的咳嗽里山水渐枯，
他微颤的手接过我递去
青年时代援疆老战友的来信，
迫不及待地戴上眼镜展读，
我内心的怨恨竟然无端消泯

死亡记录

冬天是萧杀的季节，
那隐形的杀手就在我们中间，
荒山寂寞冷落，河流衰微，
坐在难得的阳光下与自己谈心
无异与虎谋皮，已不是第一次了，
外壳坚硬的角盾蝽听从召唤，

选择在冰凉的墙角死去，
灵魂孤立而冷，排他也无我，
荒山因而可以在不洁的气味里
分离出来，河流示弱
足以让那隐形的杀手忽略，
蛇行龟息，概莫如此，
从宇宙学来看，我们无一例外
倒悬于地球，
根源性问题被如此诡异地颠覆，
我们真实的状态是头顶泥土
脚踩虚空，如同12月5日清晨
凉泉乡太华村一名农电工所示范：
他像片枯叶倒挂在电线杆上

陈光宏 的诗

CHEN GUANGHONG

捆草人说

他用膝盖顶，用脚踩
将一抱草压缩成一束
再拢上草绳，拧紧了，背个扣
我问他，为何对草如此残忍
他说，你太不了解这些草了。其实
它们喜欢被这么捆着。就像
马喜欢上了笼头；狗迷上了项圈
一群孤儿爱上了被紧紧抱着的感觉——

撕

天，被撕得一朵一朵的、一片一片的
野，被撕得一绺一绺的、一丝一丝的

就像把时光撕成一天天的日子
把女人撕成孩子和母亲

湿地总是递出茂密的苇草给它撕
以免风会撕到丛中的鸟巢

在风中，我为自己准备了腰带
就像为草准备了草绳

可风还再撕。撕着撕着，人就变成了
生死两界；草就变成了碎末、灰尘

死去的人在土里活着

一把骨灰埋入土里，会渗透着
呼吸，会孕育、生长
仿佛死去的人在土里复活了

死去的人在土里活着。在土里
帮我们种植麦子、玉米……像一个个
慢腾腾的留守老人。我一次次离开
又一次次回来，一次次，像河流一样
在土丘间，委身……

系着绳索的鸟

呼啦啦飞起，又纷纷落下
一定有什么惊扰了它们。这群
胆小的家伙，惊慌失措，左突右冲
它们是鸟中的囚徒，拼命出逃
小翅膀越扑腾，腿上的绳索绷得越紧
它们像纤夫一样飞，像风筝一样飞
像鞭花一样飞。白了青丝，凋了翅膀
却怎么也挣不脱长长的束缚。一群白鸟
如果没有绳索多好。那样，它们就能
自由地飞来飞去。或者，没有翅膀也好
它们也能安与命运。可是造物主偏偏
绑了它们。任拖着沉重尾巴的小白鸟
腾起，坠落。在天地之间，欲罢不能——
一群白鸟，和这里的人畜草木
是一条绳上的蚂蚱。它们的每一次
腾起，大地都在微微颤动……

芦苇把什么举到了高处

不知芦锥把什么裹入了掌心
然后，一毫米一毫米地举向高处

风剥开一片叶子，裹在里面的
还是叶子。像纤细的套娃

苇叶展开，拽着光芒，拽着风
芦苇要一点点地扶起自己

举到高处。因为有些东西是不能低于生活的——
比如仅有的白，和一点点的敬畏……

扒土豆

扒开土垄，就像推开泥草房的屋门
就会有土头土脑的家伙扯娘带犊地出来
面对突如其来的光亮
他们仰着小脸，眯着眼睛

这些躲在泥土怀里不肯出来的
老实疙瘩。好像永远也长不大
总是那么善良、胆小，而又单纯……

数数春天

春天来了，数一数
怎么数
1、2、3、4、5、6、7……

数数刚刚从母腹中钻出来的鹅黄嫩芽
一片、两片、三片
数数朵朵带笑脸的鲜花
白的、红的、黄的、紫的
一朵、两朵、三朵
数数春风吹皱池塘的额纹
一道、两道、三道

数数鸟儿歌唱春天的歌声
一首、两首、三首
数数燕儿斜飞的翅膀
一只、两只、三只

数数农民耕耘的汗水
一滴、两滴、三滴
数数农民洋溢的笑脸
一张、两张、三张

数数春天的故事
一个、两个、三个
数数春天的梦想
一段、两段、三段

童稚

叽叽喳喳，喳喳叽叽
一群娃娃
他们都在急着表达
句句话
纯真无瑕
东西不分，南北不明
周边
飞溅着快乐的雪花
落在地上立刻融化

乞丐

老妇人
弯腰、瘦弱、白发、颤抖
伸出干枯的手
目光紧盯在我的脸上
感觉她目光是直的，灵魂是弯曲的
给她两枚硬币
她朝我笑了，伸出了大拇指
突然发现
这是一种交易
两枚硬币等于一个微笑和一个大拇指

眼泪

父母的一滴眼泪
浩瀚无边
从此岸到彼岸
儿女们要用一辈子泅渡

情人的一滴眼泪
很深很深
从上面到下面
热恋的人要用一辈子潜水

孩子的眼泪
像点燃的爆竹
火花四处飞溅
引来嘻嘻哈哈的笑声一片

跛腿的筷子

在杂乱工地的荒石块上
黝黑的老者拿着一长、一短的筷子
在掉了瓷的碗里吃力地挪动
跛腿的筷子在碗里一高一低地走着
一会儿碰碰白菜
一会儿碰碰萝卜
一不小心被豆腐绊了一跤
一个踉跄
老者的手在颤抖
挑起的那一个饭团在筷子一拐一瘸中
也被落在了地上
被敏捷的狗迅速叼走了
跛腿的筷子在瓷碗中继续一拐一瘸走着
老者额头皱纹里的汗慢慢晶亮了起来
风吹动他那稀疏的白发
也一拐一瘸地在头上漫走
眼光也跟随着筷子一拐一瘸起来
他的心是不是也在一拐一瘸呢

雏 鸟

风吹草动
雏鸟几张大大的稚嫩嘴巴朝天张着
喊着

白天
它们吃着太阳
夜晚
它们吃着月亮和星星
还有凉风
可怎么也没有饱肚子
几个兄弟姐妹相互挤着
还争抢着

只有等到鸟妈妈回来叼着幼虫塞进它们嘴里
它们才会有饱的感觉
翅膀才会慢慢硬朗起来
如果鸟妈妈一去不能回来
这群雏鸟也就会变成干枯的鸟尸陪着干枯的鸟巢
永远地被挂在树梢的中央
继续被太阳、月亮、星星、凉风喂养着
喂养着

婴 儿

一觉醒来
除了空
就是恐慌
如果我是婴儿
就先大哭一场

后青春期

下班后的空气里
盘旋着酒的味道
窗外晒着我的内裤
和一个女孩的内裤
它们挂在那里已有多日
我并不认识那个女孩
她也多日没有出现
当我们都不在家的时候
就没人会去打扰
透过窗子
它们在风中的摇摆

消息已发出

您的消息已发出
但被对方拒收了
对方以特殊的方式
封住了您的嘴唇
对方不再张嘴，哈气

擦拭屏幕上给您的信号
对方已把您关进了黑屋子里
永久封锁

对方只给您遗留了头像上
两对海滩上的脚印

清 晨

窗外正燃起
新一轮天际
老狗对着日光
嚎叫了两声
撒出一泡新鲜尿液
我素面朝天
走进晨曦
也对着日光
把清晨的尿液
撒入土壤
我突然发现
我的尿法
和朝阳的角度
与它惊人地相似
它正垂着身子
朝着一堆垃圾走去
就此展开一天的觅食
又“旺”的一声
把道路腾给了我

吴小兰

QQ，电话，邮箱
都联系不上

一个叫吴小兰的人
就像关闭了与过去
所有的闸门一样
里面躺着一条影子
她唯一存在过的证据
是我家里的一张
关于她的肖像画

那年夏天
我抓出一把揉乱的零钞
递给一位画家
画家在我面前画下
吴小兰的五官，头发
神情缓慢地凝视我
她从此
走进了一张画里

烧饼青年

东风路2号
他家的烧饼
做得越来越红火
记得那时他的手背
在长期的高温下熏烤得
裂开了几道口
像几道岩层的断裂
看得清里面的肉
还时不时地冒出血水
有天
他用快要残掉的手
举起一张烧饼对我说
烧饼的形状
一定要烤得像卫生巾
才好吃

错 误

烟从嘴里出来后
像棉花糖一样敞开
此刻我紧抱衣衫
蹲在墙角
我抓住那一团棉花糖
在空气里。它们
蜷成一摊经络，暖和。
一根连着一根脉搏
有一根向下的
连接着我。
时间到了，终点。
它们被掰成几朵
繁衍出强烈的情绪与埋怨
在各自的角落里
一拍两散
认为当初的相遇
就是一场错误

活 着

被命令:卧床休息。
关上屋门
把浑身的触角缩回体内
我平躺着，时光仍快速行走
它伸出秋天的手势
花朵便纷纷断了骨头

走得太快了。
露珠绊倒在草叶上
裹着微光滚下来
如果再快一点
月亮和钟声就会一起从山顶
滚下来——

缓慢一种

巨大的云团从山尖擦了过去
没有挪动一粒沙和一株草
天蓝得惊心动魄
草原上低头吃食的马群
神情安宁，似几团深棕色的云
风在寻觅所有能藏身之处
湖水，是不语的先知
能照出前世——
你曾在那儿生活的样子

在那里
时间被磨成极小的粉末

世界仿佛静止了。
直到鹰带来
又一道神谕

惊 蛰

种子小小的
花苞小小的
昆虫的口哨小小的
……
无数枚小小的子弹
射向虚空

雷声正在赶路，拽着两道闪电
孤儿的鞋子小小的
站在离家千里的山坡上
听见母亲的一声
小小的胎动

致

你叫我宝贝
我叫你亲爱的
一加一等于两个世界
等于一条溪流
遇见另一条

我们不知道
所有花草和昆虫的名字
记忆也掉进水里
无从辨认
我们只是沉溺其中
并保持惊讶

我们遇到过许多裂缝
夜空是最大的一条
今晚，月色那么好
苦难那么轻
一阵风，就可以吹到远方

立 春

已有足够的理由
给风挂满铃铛
摇醒准备在此刻苏醒的
小鱼伸了伸懒腰
湖水又解开三颗纽扣
每只安静的鸟都是一粒黄金
躲在树叶背后
打量着不为人知的方向
沉默了一冬的树林
诵经的时辰已到——

让石头在阳光下静静地沸腾
让种子拧紧身上的发条

湖边写意

站在湖边
我变成湖边的一块
最轻的石头
被水波推开，又拉近
飞鸟是天上的石头
被风扔向远处
又在远处接住

多么安静——
一只巨大的手掌
捂住了所有聒噪的唇舌
我的目光渐渐游离
像两条漏网之鱼
在逃走的路上
被夕阳这枚滚烫的石头
穿过树林
准确地击中

火车上发现女性美

掠过空鸟巢、茅草，视线忽略了
我和她们被装置的母爱。手脚膨胀，月经腥美
至于还在往前跑的，火车里粉红椅套，对面的女人
斜对面的女人，怔着卧着。湖水又冷又清
几十年还在跑；刚才面包屑
洒到铁轨外。钻来一大棵树，一堆人
有的是妈妈，有的是妹妹，有的是
加速的鸟。嘴皮鲜嫩
鸟巢上，牙缝里，渗出蛋黄。

观黄河黑狗樱花

任性地像灌木，我脱了皮裙子，就是一株好灌木
凝神，肤质好，早餐使用汤勺，小心梳理毛糙的头发
挥舞着黝黑的河神手臂
我不在安徽、江苏、山东或某某地，所以啖狗肉是狂想
赏樱花是真，谈及黄河是因为压抑。

如　今

从一个燃烧的清晨，燃烧的床
我拾他的灰烬
将猫和狗安顿在窝
安然走下楼梯

围绕街道我和他的残骸开始慢跑
讨论工作和未定的婚事

到了中午
失去面目的人们加入了我们
喘着气，加快速度

橘黄色的大钟在头顶敲响
我停下来
他更消减了些
（此时灰烬像雾一样升腾而起）
人们的膝盖正弯曲着

我知道他的瘦是因为没有给我更多的蔷薇
如今，黄昏的光束洒落头顶
我们这群人呆立着，有时也抬头仰望。

这粒杏仁

在白色杏仁中漫步
忽然飞来，一座悬挂的房子，它的名字？
我感到苦涩
眼角酸疼
空荡荡的房间
旋转不停
堕落的水果
堕落的父亲
无法埋葬的经历在此地
我只能将这粒杏仁
高高抛起

为何虚空

请按处方休息
把一枝鸢尾花别在耳际
地平线上

走来你自己和无名的亲戚
为何莫名
热泪盈眶?
或者飘浮于未知海域，雾气喷薄
陌生人
在一片空旷中你与他们拥挤
全然不顾
身体湿冷，混迹其中
你体内为何存在
理性之外，如一株植物的灰烬扬起
这般虚空?

某 日

每一天，报纸上印刷的噩耗
惹得她
掩面而泣
道：
现实让我感到满足
虚空也是

而清晨之后
小女儿牵她的手
念念有词
从魏晋的古庙到深山
她发誓要陪她
穿过
住宅区凉亭到班车站点
履行前世
未完成的誓约

当她感受到怒气
鸢尾花逆向在露台生长
一屋子泄露的无力

幼小的儿童反而欢声笑语

这是不可重复的一日

红莲花

在湖心里有什么？
我可能挖人们的心？
终竟不是同样的生物
我踩淤泥，你们踩淤泥
我身陷淤泥，你们身陷淤泥
只有一支红莲花向上而起

在荷叶下，人们彻夜呜呜地哭着
藕，千年来的果实
抵达不了，这世世的越过
躲在一个个黑窟窿里
我感到疼痛万分

我可是湖心的鲤鱼？
我可是湖心的腐烂木桩？
我可是头埋湖底的李商隐？

如此回忆，雾已经散开
鱼尾疲惫，她已经游离湖心
只吟道：“蓬山隔万里
最恨莲花红”

承　认

我羞于向这个世界承认：烦恼的事情是如此微不足道
清晨，我边刷牙边听印能法师诵经
我的表情也变幻着：

一会儿愉快，一会儿肃穆
哦，牙膏沫一会儿甜，一会儿腻
这时，我忘记了夜里流下的眼泪
又不是孩子，为什么时常在夜里流眼泪。

丙麻

太阳还没升起
山谷弥漫着雾
猪在清晨醒来
远处飘过怒江

石头边栽树
后山沟捡柴
夜里听虫叫
果子滚落坡

寨子里的人
活了一辈子
先燃起炊烟
再点起篝火

这里的人都有张
黑黢麻红的脸
到死也洗不掉的颜色
在这烟熏火燎的人间

半边街

——与林东林、曹东游武胜沿口镇半边街

这里有半瓶水
悲观主义者和乐观主义者
共有的那半瓶水

这里是半边街
太阳从东晒到西

它既投下了阴影，也赞美了荒芜

35号住着一家人
鞋子晾在窗台，竹篾露出墙外
光膀子的男人仿佛已活过了百年

夏天快要过去
多地已成遗址
幸好还有这里，默默对抗着现实

我把我的心
分了一块给黑暗
它亮了一半，我黑了全部

两块头骨

我的头骨和我小时候的头骨
并排搁在一起

在潮湿的地下
我遇见了多年前的自己
他显得那么小
牙齿还没长齐
天灵盖的那道缝，至今没有合拢

我与另一个我终于见面了
就像河水漫过了下游的河水
他早早地流向了大海
我在世上替他多活了一回

他空洞洞的眼窝
从没有鸟儿来筑巢
我漆黑的窟窿
却曾经藏匿过悲喜

我该如何向他描述我的一生
嘴张开但没了舌头
过去的事还残留记忆
我们的肉却消失得无影无踪

我们只能在逼仄的棺材里
挤在一起
骨头摩擦骨头发出声响
青白色的月光下
远方的火车驶过铁轨

工布林卡

三个藏人
在甜茶馆玩一个游戏
输赢无法揣度
正如急雨何时到来
无法揣度
奶茶已煮好了，灶膛薪火将尽
我在何时何地毫无意义
慢火也可以熬过一生
在炉灰之下，在林卡之外
在虎熊灼热的皮毛里
在徒劳的无遮蔽的山水轮转中

一个老头在拉二胡

有个老头在人行道上
拉二胡
我看见
有个老头
在人行道上

拉二胡
就算我没看见
那个老头
他也一直在拉
整个下午
都没有风
但风肯定在别的什么地方吹着
现在
我正从岸边回家
河水泛起涟漪
远处传来琴声
我分辨不了
这到底是不是一个老头
拉出的声音
或许明天这个时候
我就会有答案

开始的确是这样，后来就变成那样了

我从白发里抽出青丝，还给你万念俱灰。
还给你杜鹃的春心。
还给你无端之水流不尽。
拍马莫问前程，
还岁末以浅雪，还黑漆于棺木。
还给你两头不到岸的尴尬。
开始的确是这样，后来就变成那样了。
还你流氓的寂寞。
还你负面的山水。
海上花还给海底鱼，一丈青还给半匹麻。
蛙鸣还给深井，碎银还给熔炉，芝麻还给馅饼。
航海日记一片空白
还给你遗失之岛和极昼之夜。
还你黄金锚和满天星。
后来的确是那样，那开始就是这样了？

我拿走了什么就还给你什么
我把寺院还给灯火，把田园还给荒芜。
垂枝还给根须，黄祸还给证据。
还永生以饮鸩而死
还宝藏以失踪之谜
旧时轱辘兜兜转转，早晚归于一梦。
我把初衷还给始终，把刍牛还给吴钩。
把滚滚今生还给惶惶前世，把前世还给
锈迹斑斑的青铜。

存在感

有一部分水
喜欢待在容器里
它们需要
哪怕只是片刻的
形状

植　物

频繁出差
屋里的植物没人浇水
两三个月过去了
它还活着
长势喜人
没有一点枯萎的意思
这让一些诅咒我的人非常奇怪
他们知道凋谢有凋谢的理由
只有我知道活着有活着的秘密

失败的教育

不能惯坏了孩子
不能宠坏了孩子
我用这种方法来教育我的胃
把生活中的酸甜苦辣咸全部倾倒其中
让它们自己去消化

如今
我患上了胃病

刺激的食物再也不敢吃了
每日吃药
像给孩子们道歉

血液样本

在医院体检
留取血液样本
护士麻利地贴上标签
标签上写着母亲的名字

母亲半年前去世了
几天后又是清明
我说：护士，标签贴错了
她说：号码是对的
至于名字吗
那只是个符号
不必在意

以上是梦的部分
现实的部分是几个小时后
我在医院体检
看着血液样本上写着的并不是母亲的名字
我多少感觉到了一种
莫名的失落

寻 人

母亲去世不久
我想写篇悼念文字
十几年的电子文档全都收集齐了
我把“母亲”设为关键词进行查找
几分钟后
电脑屏幕上打出来一行文字

“没有找到‘母亲’”

正午的阳光下

正午的阳光下
突然想到
现在谈论面前的春暖花开
显得昂贵和在大地上
的跑调
我只能
想象大海在咆哮
并作为一个事件
去看大海
的咆哮
然后告诉每一个人
真实的大海和
花开季节性的
欺骗以及
奔涌而来残忍的
五月
对大地的鞭挞，像暴雨
打在
一个真正的人身上

山　中

坐车到香山，从门口进去
经过一丛丛桃树、梅树
山中开了带着一点粉色的
簇簇白花，他们是热闹
和中心的人群
但眼前的松树非常寂静

寂静中
不知不觉到了碧云寺
仿佛大浪尽头
破碎、喧哗的声音
变为云层里
透出的柔光
不时照在寺顶和
零星的几个人身上
有些无声地
落在地面的枯叶
随人脚底移动

恩情的叙述

不会忘记
泥泞的小路
灰色的天空
我们受着
树枝上
滴下的
泪水
祖母在飘泼大雨中
拄着拐杖
一瘸一跛
送我走到小学
湿漉漉的
贫苦大地上
写满了
伤心和倔强
我不会忘记
这一种
持久的恩情

在27路车上，听一个老人演讲

我遇到
一个老人，在27路车上
滔滔不绝地演讲
话语就像水管里寂寞的水流
好久没对人群说了，再不说就生锈了
我们越不懂，就越忠实地听
从车头到车尾
都忠实于
这片声音的领地
谁也逃不掉
他无人知晓的人生中
高亢、兴奋的
几十分钟
也许他觉得，大家信服了
于是我们真的
以沉默，以安静
听坐在车头的这个老人
一刻不停地高谈阔论
一起坐着27路车滚滚前去

早上在植物园里

植物园里的三样东西：
青枝绿叶、平静湖水和红瓦白墙的寺庙
路边人惊动的一只小鸟
跃飞到对岸，不慌不忙
还有百虫的鸣叫和倾听
我静静走在小路的右边
不知不觉走出了山门

未完成的诗：在殡仪馆和一个老人告别

几天前活生生的一个人
躺下来一动不动，一股热气化为冷冷的躯体
这么小，这么硬
亲友们看着她被送进焚化炉
随之骨灰装进一个木匣里
这样永远从人群中离开
从世上消逝
什么成功失败、伟大渺小
富足贫贱 、利害争夺
前程、理想、抱负
有何谈论？
殡仪馆就在那里
又热闹又冷清
又麻木又理性
打量着
一个亡者拉进来
几个生者捧着那
比尘土更轻的骨灰和画像
在灰蒙蒙的枝条屋宇间走
走在一场梦中
梦的粉碎
是伤感
和道路，向着人世
残酷的真实

济 南

从超然楼前经过
我停下脚步，看了又看
眼前的花和草还很低矮
身后的湖水几百年
流到现在依旧波澜不惊

我请一个小伙子为我拍一张照片
方便时常看起，想到济南
超然楼前一景一得

夜归人

夜深，归家
脱鞋，噤声
小心翼翼
孩儿安睡
磨牙切齿

乳房

我说的是男人的乳房
对于身体，只是一个摆件
像两枚永远花不出去的铜钱
成为高潮时刻的抓手

乡间偶记

鸟儿的鸣叫提醒我
抬头看
高而浓的树梢
看不见鸟
有鸟的声音
调情的声音
一只鸟勾引另一只鸟
另一只欢快应和
春天就该这样

翻过一遍的田野
水汪汪
让干净的风一遍又一遍吹
每一垄都好舒服

牛在前面
农民在后面
挥动的鞭子
以及呵斥
更像是安抚和爱怜

阳台上的石头

每一个石头都有家乡
张家界。九寨沟。都江堰
陕西洄水
湖北陆水河
黑龙江。大兴安岭
天涯海角
山海关。嘉峪关
台北。高雄。香港。澳门
法国尼斯
日本富士山
悉尼。墨尔本
美利坚

它们排成一排
挤成一堆
在深圳这个移民城市
相依为命

吹开米香的味道

在紫苑吃饭
一人一碗
米饭
只有洪强

把碗贴在脸上
好像在和这些饭说话

众人惊讶
洪强淡定
他说这是他和哥哥
小时候的习惯
每一碗热饭上来
都会把脸贴上去
目的是
吹开米香的味道
到脸上

开罗的狗

露天的开幕式
还没有开始
倒是聚满了一堆狗
盯着工作人员的餐盒
虔诚地摇着尾巴
它们眼神真诚
行动安分
内心渴望

其中一个工作人员说
“它们不爱吃青菜，
只钟爱肉。”
但是这个城市
埃镑暴跌
人吃上肉
也是一件困难的事

回头看那些狗
它们啃下骨头上的肉

同时也吃下了青菜和残汁
然后躺在一旁
得意地舔舐凌乱的毛皮
仿佛这个开幕式
是专门为它们开的

算　命

九五年
出门打工半年
无功而返
第二年
又要出门
我妈说
找南门楼魏瞎子算一下吧

魏瞎子说
过完正月十五出门
南面
简单明了
依计而行
果然诸事顺遂

二十年过去
历无数事
无数人
年欲半百
依然内心忐忑
妈也死了
无人商量
南门楼的魏瞎子
是否健在？

想象父亲

来不及把我送上学堂，父亲
悄无声息地撒手人寰
甚至来不及在我记忆里刻下
亲人的血印，父亲
就在我模糊的视线中溘然长逝

一个没有陪孩童走远的父亲
注定是留给儿子来想象的
想象父亲，如同想象大鸟
在丛林上空的飞翔
身姿穿梭于云雾间，画出美丽的弧线

想象父亲，如同想象山峦
晨曦每天早起，照亮他川字型额头
和满身纷披的风霜
想象父亲，如同想象河水
他汩汩而前，一无所顾，我疾行的目光
始终追不到他的流向

在儿子的想象里，父亲
一次比一次完美，也一次比一次
消瘦，他走得再远
种植在我心上的背影，绝不会
在岁月的烟尘中，轻易消失

迷失的黄昏

七岁那年，夜盲症
梅雨一般地弥漫上我的身体

每到黄昏，我和成群的小鸡一样
踯踯躅躅，总是摸不到进屋的门

姐姐在暗角处拼命叫喊
摸摸索索的我，一时难以找见
靠近她的确切路径，她的焦急
时常如火焰，灼烧在我心
撕裂般的哭声，曾多少次将静夜吵醒

母亲最初并不觉察
以为儿子淘气，模仿鸡群的行为
慢慢懂得了，贫寒的日子
已在孩子的身体中滋养出病菌

七岁那年，有多少童话似的黄昏
从我童贞般的视线中迷失
每当回首，它们都在我心灵的屏幕中
一一清晰地浮现

兄长

童年时抬望兄长，认定他
真的是我好兄长
壮硕如犍牛，果敢似电闪，
终日忙碌如云，挑着生活的重担
脚不停息地往前赶

他尤其爱我，把我看作
凡事皆懵的小弟弟
我哭，我闹，我野鸟般淘气
他都从不发火，默然接受

结婚后的兄长，首先吵着
要把我们和他分开

一想到不再有人
能尽情接纳我的哭闹和淘气
恐慌就潮水一般地挤上眉梢

那些日子，我仍然把他看作
我的兄长
至于是不是好兄长
我开始起了疑心

故乡，故乡

每逢佳节倍思乡，故乡的烟尘
始终弥漫在我行走的路途
驻足仰望，或者侧目回首
她都向我露出阳光般的微笑

十四岁那年，自从去远方求学
我就和故乡默然作别
回不去的故乡，一如回不去的童年
不可逆的季风，吹拂在一往无前的人世间

当生命之树渐长成枝繁叶茂
故乡，从此分裂为两副模样
一个故乡滞留于原处
与我渐行渐远，慢慢模糊了形状
另一个故乡刻印在心头
伴随我走遍天涯四方

梦里的词牌

从古典到古典，中间隔着一个大宋
我在鹊桥上赶路
希望与一场霖铃的雨不期而遇

水调歌头，渔歌的韵脚
沿着水纹跃动

化作彩蝶吧，我依恋着一朵野花
像秋风依恋着一座瘦山
念奴娇，奴家常比水仙娇羞
虞美人的笑靥，在花脉里隐现
伴随着绿罗裙的仙袂飘飘
大好时日兀自疾走
以大浪淘沙的节奏

前世的山河构成今朝的肉身
今生的故事，不过是前朝的翻版
无论何时，鹧鸪的幽鸣总是连天蔽日
即便望断江南，那长相思的烟云
也如如梦令，工整的平平仄仄
终遮不住霜天晓角
西江月斜倚树梢，沁园春的雪
寒冷而又温暖
一遍一遍地，覆盖我的锦绣梦

暗　伤

话语时常带着毒焰，起落之处
总有心口被无意噬伤
即便沉默，也有锐利的锋刃
悄无声息地刺痛有心人

两个人相处，成为蒙娜丽莎
这艺术中的艺术
在错愕中无数次受损
当往事被重述
心中总有紫色的落叶纷然而下
那是风化的记忆，重重暗伤
已在时光深处默然结痂

害羞的诗句

有人在诗里种植高山，种植大河
也有人在诗里种植森林，种植云朵
而我，只在诗里种花，种草
种植春天的心情

园地不大，格局有限
但我珍惜手中的活计
为花浇水，为草除杂，是我
日常必修的功课
有时，为活跃生气
我还会在诗中描上一弯彩虹
在字句间添上几声鸟鸣

静夜时分，当我倚着床头
再来端详这些篇章
有一些诗句常会莞尔一笑
朝我露出害羞的表情

雾霾来南方

雾中有水汽
霾中有尘埃
雾霾笼罩江南
其中有青山绿水
我还没有看到山
就已经把车
开到了隧道中

死于1953年

我奶奶死于1953年
那年代盗墓猖獗
其实都没什么陪葬品
盗墓的只是为了偷棺材
拿回去做木料
大部分用于盖房子
后来迁坟
没找到我奶奶的遗骨
就地挖了一块土
装在一个罐子里
就当是我奶奶
在指定的公墓又埋了一遍

窗　帘

当初有两种选择
挂一块布做的

或者
挂竹条编的
我选择了第二种
白天我坐在窗口
光线从帘子的缝隙中
射进来
割我的脸
晚上我还坐在窗口
从帘子的缝隙
看出去
什么也看不见
它成了真正的窗帘

恐怖故事

放假之后的学校
空无一人
电脑设定的上下课音乐
依然准时响起
现在是眼保健操时间
我在一个教室外面
向里张望了片刻
心里一惊
转身就离开

我在此隐居十多年
人们都叫我黄老师

所有人

午睡的梦中
我居然有一种
自己可以代表所有人

的感觉
我走到街上
街道空空荡荡
但我知道
所有人都上街了
我听到知了的叫声
很快乐
所有人都听到了
知了在叫
他们都很快乐
后来我被一个
推销房子的电话
吵醒
摁掉电话才想起
家里只有我一个人
晚饭还不知道吃什么
那一刻我不能肯定
是否所有人
和我一样感到孤独

记忆中的一个游泳池

那年冬天特别冷
天还没亮
我就从城东
赶到城西的体育馆
顺着台阶
走下放空了水的
游泳池
和很多男孩一起
排成方阵
练武术
太阳出来时
首先照亮游泳池的一条边

我们依然站在
游泳池底部
在大片冰冷的阴影中
仿佛站在水底
扎着马步

一只鸽子能活多少年

我问养鸽子的人
你认识你的
每一只鸽子吗
他说是的
这让我感到很意外
我又问他
一只鸽子能活多少年
他回答说
大概十五六年吧
我吃了一惊
但他又说
我的鸽子活不了这么久
顶多四五年
就杀了
我非常不解
接着问他
比赛输了的就杀吗
他递给我一根烟
给我点上之后接着说
赢了比赛拿回奖金的也杀
看我不说话了
他又解释
不杀掉一些的话
成本太高了
说完他在鸽棚边插上一面旗
吹了几声口哨

那些在头顶盘旋了很久的鸽子
陆续都飞回来了
它们应该不知道
它们的主人
在菜市场开了一家熟食店

宏大的叙述

让一个人
消失在一群人中
让一群人
遇见另一群人
让两群人
打
打成了更大的一群人
让一些人死掉

这时
传来导演的喊话
“镜头跟上
对准人群中的那个人！”

话音未落
导演跟他的剧组
连同没有拍完的电影
就消失在了
茫茫宇宙

文森特

初中刚学英语
老师要我们
给自己取个英文名字

我的同桌就成了玛丽
我的好朋友就变成了杰克
作为乡下来的孩子
我不知道自己该叫什么
一直在英语课上低着头
三十年过去了
看过不少的外国电影
每周还看一些美剧
偶尔在大城市和老外擦肩而过
甚至和一些老外交流过
是时候给自己取个英文名字了
就叫文森特吧
文森特在吃羊肉锅仔
文森特在喝黄酒
文森特在朋友圈点赞

水深危险 注意安全

Chinese 汉诗 Poetry

诗歌地理

Poets Geography

阿 信 作 品

人邻 · 这岗子上的秋天——我有点喜欢：诗人阿信

巫 昂 作 品

张执浩 ·创作不应受到限制

阿信

阿信，男，1964 年农历十月出生，甘肃临洮人。毕业于西北师范大学历史系，长期工作、生活在甘南藏区。曾获第四届徐志摩诗歌奖、第三届西部文学奖（诗歌奖）、第三届黄河文学奖、第四届敦煌文艺奖等。出版有《阿信的诗》《草地诗篇》《致友人书》等诗集。

阿信作品

代表作

小 草

有一种独白来自遍布大地的忧伤。
只有伟大的心灵才能聆听其灼热的绝唱。
我是在一次漫游中被这生命的语言紧紧攫住。

先是风，然后是让人突感心悸
四顾茫然的歌吟：
“荣也寂寂，
枯也寂寂。”

墓志铭

总会到来：让我长卧在这片青草下面，与蚁群同穴。
让风雨食尽这些文字：我曾生活过。

我与世界有过不太多的接触，近乎与世无补。
我恬退、怯懦，允容了坏人太多的恶行。
我和文字打交道，但我是一个糟糕的匠人。

我缓冲的血流，只能滋养天底下一朵柔弱的花朵。
那是我未具姓名的女儿，集美丽善良于一身，
在露水的大夜中疼醒。

总会到来：这清风吹拂的大地，
这黎明露水中隐去的星辰……

写 作

在天水，我遇到一群写作者——
“写作就是手指在键盘上敲打的速度。”
在北京，我遇见更多。

遥远的新疆，与众不同的一个：
“我愿我缓慢、迟疑、笨拙，像一个真正的
生手……在一个加速度的时代里。”

而我久居甘南，对写作怀着愈来愈深的恐惧——
“我担心会让那些神灵感到不安，
它们就藏在每一个词的后面。”

正午的寺

青草的气息熏人欲醉。玛曲以西
六只藏身年图乎寺壁画上的白兔
眯缝起眼睛。一小块阴影
随着赛仓喇嘛
大脑中早年留下的一点点心病
在白塔和经堂之间的空地缓缓移动

当然没有风。铜在出汗经幡扎眼
石头里一头狮子
正梦见佛在打盹鹰在睡觉
野花的香气垂向一个弯曲的午后
山坡上一匹白马的安静，与寺院金顶
构成一种让人心虚不已的角度

而拉萨还远，北京和纽约也更其遥远
触手可及的经卷、巨镬、僧舍，以及
娜夜的发辫，似乎更远——当那个

在昏暗中打坐的僧人
无意间回头看了我一眼

我总得回去。但也不是
仓皇间的逃离。当我在山下的溪水旁坐地
水漫过脚背，总觉得身体中一些很沉的
东西，已经永远地卸在了
夏日群山中的年图乎寺

雨 季

——给人邻

说定了，陪你去玛曲对面的唐克。
看亚洲最美的草原，看雨后河曲
壮丽的日出……
我闲居已久，懒于出门，心中长满了蘑菇。
我们搭伴去唐克，是第一次。也可能
是最后一次。
雨季如此漫长，草原上的小路泥泞不堪。
我去屋后林中
砍两根顺手的木杖，趁着晨雾未散。

天色暗下来了

天色暗下来了。乌云
低低压迫山脊。
我在山下的屋子，灯光尚未亮起——
那里现在：无人。
我不必急于回到那里去。
我可以继续听着风声，愈来愈疾
掠过身边的草木。
就算天已经完全黑定，下山的路
看不见了，我也想

再逗留一会儿。
我倒不是在等待星群，我只是
有一种
莫名的、难以排遣的
伤感。

在尘世

在赶往医院的街口，遇见红灯——
车辆缓缓驶过，两边长到望不见头。
我扯住方寸已乱的妻子，说：
不急。初冬的空气中，
几枚黄金般的银杏叶，从枝头
飘坠地面，落在脚边。我拥着妻子
颤抖的肩，看车流无声、缓缓地经过。
我一遍遍对妻子，也对自己
说：不急。不急。
我们不急。
我们身在尘世，像两粒相互依靠的尘埃，
静静等着和忍着。

致友人书

现在可以说说这些羊。它们
与你熟悉的海洋生物具有相似性：
被上帝眷顾，不断繁殖，长着
一张老人或孩子的脸。
现在它们回到山坡，挤成一团，互相取暖。
现在它们身上覆着一层薄薄的寒霜，和山坡一样白。
头顶的星空簇拥着无数星座：
北方的熊、南方的一株榕树、阿拉伯圣水瓶、
南美大河……古老又新鲜。
我的帐篷就在它们旁边。

我梦见的和它们一样多。安慰也一样多。
黎明抖擞潮湿的皮毛奔向山下的草地，
像满帆的船队驶往不可测的海洋。
而我将重新回到城市，那里
有等着我的命运和生活。

那些年，在桑多河边

下雪的时候，我多半
是在家中，读小说、写诗，或者
给远方回信：
　　雪，扑向灯笼，扑向窗户玻璃，
　　扑向墙角堆放的过冬的煤块、牛粪。
意犹未尽，再补上一句：雪，扑向郊外
　　一座年久失修的木桥。
在我身后，炉火上的铝壶
噗噗冒着热气。

但有一次，我从镇上喝酒回来，
经过桑多河上的木桥。猛一抬头，
看见自己的家——
河滩上
一座孤零零的小屋，
正被四面八方的雪包围、扑打……

一个酥油花艺人与来自热贡的唐卡画大师的街边对话

每到冬天，我的十根手指
都会感到火烧似的疼痛。
我必须不断地
将它们浸在冰水之中。
只有这样
那些花朵，才有可能
在它之上浮现。

我更像一个匠人。使用许多工具：

锯子、锤子、钉子、绳索、石膏……
我会花很长时间用鹅卵石打磨一块粗布。
我使用一大堆矿物质颜料，甚至鼻血[1]。
当然，冥想打坐的时间也不会少。
有一些时间
要花在去山洞的路上，顺便观察
植物的形状。
我一闭上眼睛，就会看到
光芒、色彩和神迹；圣山与圣湖
存在一种神秘的透视关系。
这一切，都是在一场持续数月的热病中完成的。
我尽可能保持这种冥想和高热的状态
直到奇迹出现，一切
浮出水面。
剩下的事就简单多了
徒弟和装裱匠人就可以完成啦。

① 据《大昭寺志》记载：吐蕃赞普松赞干布在一次神示后，用自己的鼻血绘制了《白拉姆》像，由文成公主亲手装帧。这就是藏民族的第一幅唐卡。

近作

点 灯

星辰寂灭的高原——

一座山坳里黑魆魆的羊圈
一只泊在大河古渡口的敝旧船屋

一扇开凿在寺院背后崖壁上密修者的窗户
一顶山谷底部朝圣者的帐篷……

需要一只拈着轻烟的手，把它们一一点亮

桑珠寺

桑珠寺供养的神，脸是黑的。
这是长年被香火和油烟浸润、熏染的结果。
崖畔的野杜鹃花瓣缀满露水。槛边
一株丁香树枝条探进雾气。
水声溅响却看不见来路。
我的司机当智，在昏暗灯前
认出表弟。那个穿袈裟的孩子
脸是黑的，鼻尖上面有一点白，但眼神清澈。
他哥俩悄声说话，我在佛堂燃香、点灯。
这里的神
脸是黑的，鼻尖上面有一点白。神的
肩头和袖间，落着几粒鸽子的粪便。
入门看见，几只灰鸽，在廊下空地
跳来跳去。鸽子的眼神，清澈无邪
与那孩子的一般无二。

扎尕那女神

万考母亲，是一位隐居乡间的
牛粪艺术家。确认这一点
在一个野菊灿烂、空气凛冽的秋晨。
牛粪在场院摊开，万考母亲，把它们
一坨坨摔粘在石砌的外墙上。
阳光刺眼，藏寨明亮。扎尕那
一幅凸浮神秘图案的墙面，正在接受
逡巡山间的雪豹和莅临秋天的诸神检阅。

万考母亲叉着腰，站在她的作品下面。
全世界的骄傲，集中在
挂满汗珠的前额上。我和万考
起早拜谒涅干达哇山神
从山道下来，远远看见大地上的作品
如此朴素、神秘。
即使自然主义艺术世界的
那些大师，也要为此深深震撼！
而我知道，万考母亲
还是一位附近牛粪的收集者。
她知道在哪里弯下腰，可以捡起
这些藏在乱石和草丛中不起眼的东西。

河曲马场

仅仅二十年，那些
林间的马，河边的马，雨水中
脊背发光的马，与幼驹一起
在逆光中静静啮食时间的马，
三五成群，长鬃垂向暮晚和
河风的马，远雷一样
从天边滚过的马……一匹也看不见了。
有人说，马在这个时代是彻底没用了。
连牧人都不愿再牧养它们。
而我在想：人不需要的，也许
神还需要。
在天空，在高高的云端，
我看见它们在那里。我可以
把它们一匹匹牵出来。

山中遇雨

——九寨，给义海

雨水的旨意不容拂逆
十八座海子，如同十八座沸腾的鼎镬

七星朗照，深邃的夜空被一再念及
要么放弃一只猛虎斑斓的雄心
要么皈依、顺从，随孔雀一同
退入蓝色宝石。或与犀牛
建立默契，重返箭竹海晃荡的苇丛
迷离的五彩池告诉我的，我要不要
告诉长海边半枯半荣的旗树
被九座寨子的雨水浇淋，能否视为
自然之神和宿命的眷顾
我已苍迈，尚存忧疑，游走人世
但群山中深邃的夜空一再被念及
星空下波澜不兴的镜海
偶尔被梦见

隆冬：江岔温泉印象

满山泉眼，像一个
急于表达的人，咕噜咕噜冒出的
全是热词，带硫磺味和身体的记忆。
四周群山还在落雪。
只有一座，置于氤氲雾气之中。
一个藏族妇人，背着劈柴，行色匆匆
沿山道赶来——
似乎山体内部，有条通道，曲折幽深
尽头，一座灶台，正熊熊燃烧。

草地酒店

漫天雨水不能浇灭青稞地上汹涌的绿焰
也不能制怒

乖戾厨娘，揎袖露乳，剁切一堆青椒
如某人频频现身微信平台
臧否人物抨击世风

只有檐下一众游客表情沮丧如泥
只有院中几匹马神态安详，静静伫立

河水涨至车辆却步。但对面仍有藏人
涉险牵掣马尾泅渡
何事如此惶迫，不等雨脚消停

我也有天命之忧，浩茫心事
但不影响隔着一帘银色珠玑，坐看青山如碧

狻猊帖

无眠。无一字可写。抽很多烟。
辗转反侧，长夜不得伸展。

——这种情形已有多日。入冬以来，
似乎鲜有安宁的睡眠。

是什么让它烦躁如此，默诵百遍清心密咒
尚不能令其片刻宁静——

这孽畜，这荆莽丛中伺机而动的潜伏者，
这来自西域伏象食虎的大猫?

内宇宙的爆炸，
比三个嗜血部族的叛乱还令人心惊!

酒浇不灭。
铁棒僧，无法使其慑服。

潭门手册

——给古马

来吧，在这里，飞雪和蛱蝶的异乡
构筑如云船屋

在明快的风中畅饮
看捕鲸船驶出避风港。从底舱
扯出一挂挂新鞭
在这里建立一种新秩序
语言的群岛，内心深处的钟
砗磲回归大海
牡蛎新鲜出炉，菜蔬
自带咸味
移植北方的暴雪在入海的长堤上
在飞溅的鱼群身下

斯柔古城堡遗址

——献给李振翼先生

拨开草丛，
寻找那条青麻石铺就的大道。
那一度喧嚣、蒸腾尘浊、裹覆红氍毹、
迎宾舞乐的大道，充满了刺鼻的
草叶腐败的霉味。一堆受惊的
蠕虫四下爬动……
法号吹鸣。车马辚辚。昔日的盛大景象
确凿是不能与闻的了。
如此缘薄。

斜面。
台地。
一座想象中巨大光芒的门扉洞开。
——我发现了。他这样说："一段墙基。
然后是另一段……最后，
又回到原地——完成了一个循环。"
阳光炫目……羊群四散……时间
九匹快马牵掣的马车，终于来到。

牧羊人和她的妻子，坐望在
风雨之夜的甘加草滩。与一座传说中的
古城堡，有一段宿命的距离。

现在，他躺在文化馆陈旧的木椅中
晒着迎窗射来的阳光。他患有
严重的风湿。

“这里。还有那里。”向导的声音
渐渐飘近。
我看见荒草中
一对对巨大的覆盆式柱础：
阴刻的忍冬纹，时间凝固。
寂静敞开无形的建筑：
那宴饮。帛书。青铜烛台。壁饰。
藻井。鬼面舞。佛龛。吐蕃使者。
月光的蓄水池：一面莲花铜镜。
神秘的回廊：河州女子及其一生。
格萨尔说唱艺人，坐在
一株巨柏之下。
——浮现，又若
细数家珍。
失意的牧羊人无意间跌进一座宝库。

我曾在不多的时间里翻阅典籍。
那弥漫酥油味的、漫长的
赞普时代：雪山之下，遍地城堡。
但往往不着一字——
“历史湮没了历史。”
一座寂寞无边的村落，被突然唤醒
承担了使命。斯柔：
倔强记忆的天空。
一段过往历史的见证。
角厮罗政权最具诗意的称谓。
古丝绸之路南线著名的孔道。

三百商人，卸下盐坨、茶叶、丝绸和青瓷。
五百工匠运来了斧斤。而十万西夏
叩关的人马倏进倏退，搅起一股股

腥臊、凌厉的旋风
……太遥远了——
那狼烟。泥泞。阳光灿烂的谷地。
那琴师。剑客。流寓异地的
宋词写作者……太遥远了。

当考古者
从一堵夹棍板筑式残垣
状若牛眼的孔穴中，透视年代深处；
我则从裸露于草棵间的一根根白骨之上
听闻最初的美人幽幽的叹息。抑或是
荷戟的豹皮武士血脉吟诵的潮汐：
仿佛是如斯的叹喟——
如果有火焰，能够在时空的陶具之中
保存其记忆，那多好。
如果有生命，能够在
我们结束的地方重新开始，那多好。

我不禁恍惚。但我确信
我于这废墟之上
听闻了生命如斯的歌吟
我仿佛看见：一次不可挽回的日落。
一座昔日辉煌的城堡。
一种令人无法正视和卒读的伤痛
在荒草间
　　　　沉浮。

人邻

这岗子上的秋天——我有点喜欢：诗人阿信

1

阿信的声音，略带一点乡音地，从遥远地方传来。他的声音带有泥土和草地的气息，尽管此刻他在气候温煦的海南。

阿信写诗已有三十年之久了。我常常感慨，一个人若用三十年的时间做一件事情，坚持不懈，且又有天赋，那确乎是可怕的。对这样的人，神祇亦会敬畏。而阿信正是这样的人。

川端康成曾写一个漆匠，数十年时间反复漆饰一件棋坪，以至那件棋坪后来竟然重达数十斤，色泽亦如深邃的古玉。这里有时间的不能磨灭的力量。阿信即有这样的孜孜不倦，他的心力是执着的。当然，孜孜不倦亦需苦心孤诣，需要有洞开的魂灵才能闪现诗意的深处火光。这样的天才，张岱在《陶庵梦忆》里有记载："南京濮仲谦，古貌古心，粥粥若无能者，然其技艺之巧，夺天工焉。其竹器，一帚、一刷，竹寸耳，勾勒数刀，价以两计。然其所以自喜者，又必用竹之盘根错节，以不事刀斧为奇，则是经其手略刮磨之……"阿信的诸多诗作，不惟执着，更是于自然和人类心灵的悄然借力，而近乎鬼斧神工，令人慨叹。既能"耐烦"（沈从文语），又能有如天意那般安妥那些文字于人生大地，阿信即是这样的手艺人。

多年来我一直看重他的诗。一个在无数白纸上耐心书写的人，每一行，都是熔铸了心血在里面的。那个熔铸的过程一定是如同那位漆匠的忘我埋头，全然忘记了时间。而就在那时光的悄然流逝间，诗意在阿信那里有如神示一般闪现了。八年前我在一篇文字里就有些妒忌地说："凭什么？"但阿信的诗就是这样叫人无可奈何。我尝自造一个词"减力"，用以说明自己的诗歌语言。而阿信于词语的近乎浑然无迹的拈起和落下，才是得到了"减力"的真谛。那些诗意的词语有如草原上有序的四季，根须的蔓延和花朵的开放、凋零，潜藏着生命的秘密。

2

写作多年之后，即便是已经写了那么多的好诗，灵魂丰盈，手艺娴熟，可诗人阿信还是在某一时间段，无奈地与诗神近乎隔绝了。长时间的停顿，除了俗务的繁忙，似乎也是神意对他的磨砺。神在期待，在砥砺，期冀于这样的磨难，这样的草地赤子会写出新的诗篇。

"有将近10年的时间，我写不出一首诗，觉得此生可能再也写不出诗了。但2012年秋天，诗神又一次眷顾了我，那是怎样的一种悲喜交加啊！在《唐·一个诗人的消息》一诗中，我写道：'写作是一种生活'。是的，不管别人如何看待，诗歌，已完全融入了我的生活。"

重新神意一样获得写诗的能力，对阿信来说，确是"悲喜交加"。十年过去，草地之神令阿信再度感受到了喜悦，"悲喜交加"的落泪的欣喜。他再一次以诗的形式复活，且是更深的复活。

草地之神为我们带来的这样难得的福祉，我们再一次听到了诗人牧歌一样的声音，跟蒙古大草原不一样的牧歌。这草地似乎要略小，但是更深，起伏，在河流与雪山之间，充满了生生不息的万物。阿信即是这样的牧人——他的歌吟，不仅仅是词汇，是发自喉间低低的自语，是牧人在山冈上独坐的忧伤——

有一种独白来自遍布大地的忧伤。
只有伟大的心灵才能聆听其灼热的绝唱。
我是在一次漫游中被这生命的语言紧紧攫住。

先是风，然后是让人突感心悸
四顾茫然的歌吟：
“荣也寂寂，
枯也寂寂。”

阿信的这首《小草》，瞬间就笼罩了我的悲喜。这是诗人内心深藏不露的声音。深藏不露的，是诗人的隐私，亦是诗人心底最为柔软、疼痛之处。这柔软疼痛，是诗人必得深藏而以深怀悲悯佑护，绝不轻易示人的。这样的声音，独出的音调，带着诗人略带血丝不得不吐出的嘶哑。阿信写毕，自家咂味再三，眼睛亦是会湿润的。这样的诗，我甚至以为念诵起来是不需要吐出完整清晰的词汇的，只要有几个连绵不断的词的声音就够了。当然，耳边，要有风声，要有风声中寂寂的草地。阿信这首只有七行的短诗，大概写在十年前。我曾说，这首诗是令人无言的，词语过去，陷人于一片空茫，只有大地还茫茫在。人在那儿，是不知道的。

阿信的身处之地，是他诗歌独特领悟的背景。这也决定了他的诗歌的开掘倾向。阿信曾说：“在高原生活常常会遇到类似情景。一个人，一座寺庙，一朵花，一处海子，甚或一只无感无知的甲壳虫，都透着神秘或原初的味道。仿佛等着你来发现，又仿佛浑不在意，让你更觉出世间生存的庄严和奇妙，以及置身其间的福分。因此，我的写作，只能是看见和说出，只能是庄严和虔敬，而不会是其他。如果说诗人的写作是一种创造，那么，我仅仅想通过汉语转述我在这里所见和所闻的一切，不需任何修饰，而且心怀崇敬。”

阿信的笔下，万物生息是在自然和神祇之间的流转循环。自然和神性交织，深深浸透了人的悲欢生死。他的语言看似寻常，却在看似的寻常里悄然显现了神意的赐予。这样的诗意感受，是归于大地，归于引领众生的万神的。也因为这样的因为神意而低低伏下的感受，他的诗歌才有如春草悄然就绿了，叫偶尔行经的人忽地有点莫名忧伤那样的“喜欢”。他的诗意是如同剥笋那样，一层层剥下去，虽然不能剥到笋的最深处——我们没有那样神奇的可以剥到最深处的“手指”，但一层层曾经出现过的笋的甘甜清苦宛在，那未能接着剥下去以至于可以无穷尽的笋心，是可以于无形中感觉得到的。

3

许多年了，我印象中的阿信总是如许安然。我从未见到他急切激烈的时候。也许，长久生活在那样一片遥远的草地上，四野没有尽头，季节顺从时序悄然而又决绝地变化，草地岁岁枯荣，天苍野茫，有什么可急的呢。那样的地方，叫我想起一句古诗“山中无岁月”。那茫茫无际的草地也该是无岁月的。草地上的岁月，没有刻痕，就是岁岁枯荣，似乎不关人世，却是关乎万物太深，细细咂摸透了，令人喟叹。

我们读读他的《艾花》吧——

与风一样飘忽
梦一样美丽
叹息一样短暂、轻盈的
马兰花相比，这散淡、不起眼、星星点点
布满岗子的白花，是大地上
更为执着、持久的爱情。

那天我漫步郊外，忽然觉得
这岗子上的秋天——我有点喜欢！

在这样的诗里，我们读到了“风一样的飘忽”、“短暂”、“执着”，更读到了“我有点喜欢”。就一首诗来说，写到“更为执着、持久的爱情”，诗意已经显现，已经满盈，而阿信笔下的诗意力量却在绵延，深入到了近似孤独的“我有点喜欢”。“有点喜欢”，真正令人欣喜的深藏不露的意蕴才更深地出现了。在那“有点喜欢”的余韵里，我们感到了诗人阿信的蓦然回首。那喜悦浑融，难以解析，直是青草岁月酿造的酒液浸透了人的肺腑，只留下了秋天的孤寂香气和微凉清苦。最好的酒，后味一定是微微有一丝丝苦，微苦而不涩地隐含着经久不息的甘醇。微苦也是最能绵延不止、摄人心魂的味道。阿信悄然地由这微苦引领着甘醇浸透了诗意，尔后词语消失，转换为某种难以泯灭的苍凉记忆。

阿信的诗，在某种意义上讲，是单纯的，是以单纯去展开、涵盖、呈现了万物轮回和世相人生。我喜欢这种单纯。多年来，也许是不谙熟（也从未想着要去谙熟）那些高深的诗歌理论，不谙熟那些复杂的深邃，我习惯迷恋于那些理论家们以为“单纯”的诗歌。我知道的是，诗人给不得不为之屈服的“诗意”击中的时候，他已经没有办法复杂了。阿信的诗，他的单纯，已经足够击打、震撼读者的灵魂。

4

2013 年，我们约定去唐克草原，因这约定，有了他的堪称杰作的《雨季》——

说定了，陪你去玛曲对面的唐克。
看亚洲最美的草原，看雨后河曲
壮丽的日出……
我闲居已久，懒于出门，心中长满蘑菇。
我们搭伴去唐克，是第一次。也可能
是最后一次。
雨季如此漫长，草原上的小路泥泞不堪，
我去屋后林中
砍两根顺手的木杖，趁着晨雾未散。

这首诗语言的表象看起来太寻常了，叫我想起另一句古诗“池塘生春草”。这首诗单纯、随意到几乎什么都没有，但是我却在里面甚至读到了堪与大诗人弗洛斯特笔下的《牧场》相神秘呼应的气息——

> 我要出去打扫牧场的水泉，
> 我去只把落叶搂一搂干净，
> （也许还要等到泉水澄清）
> 不会去太久的——你也来吧。
> ……

弗洛斯特是深谙自然，并能将之琴键一般触之发出美妙音调的大师。阿信亦是深谙自然的脉搏，并能以语言和之以节拍的神秘歌者。这是两个诗人遥远的心灵共鸣。

诗歌何以用？诗歌无用。它的无用就是它的有用。“雨季如此漫长，草原上的小路泥泞不堪，/我去屋后林中/砍两根顺手的木杖，趁着晨雾未散。”且让我把这样的看似无用的诗句珍珠一样嵌在我的寻常文字里。这分行的文字，长久地感动了我。雨季，泥泞，晨雾，但是那两根木杖随着草地上悄然临近又走开的步履声，就伸入了就要消散的晨雾。

5

安于自然，安于人世，也才能是尘世的真正安贫乐道者。而这样的定力，才是人生幸福可以寄托之处。草地和小城，是诗人阿信的往来之处。草地是安魂之地，小城是安身之地。这安身之地，尘世的历练，磨难，亦可以是诗意的萌起。

阿信有一首《在尘世》——

> 在赶往医院的街口，遇见红灯——
> 车辆缓慢驶过，两边长到望不见头。
> 我扯住方寸已乱的妻子，说：
> 不急。初冬的空气中，
> 几枚黄金般的银杏叶，从枝头
> 飘坠地面，落在脚边。我拥着妻子
> 颤抖的，看车流无声、缓慢地经过。
> 我一遍遍对妻子说，也对自己
> 说：不急。不急。
> 我们不急。
> 我们身在尘世，像两粒相互依靠的尘埃，
> 静静等着和忍着。

这样的诗，我以为才是真正的好诗。尘世纷繁，杂乱，我们是无奈的。而阿信是隐忍的。不急，不急，阿信几乎是祈祷一样地说出数个不急。他的不急，背后是“静静等着和忍着”，是“两粒相互依靠的尘埃”。

持久地写作……阿信的笔下出现了极多的好诗。他腕底下的悄

然转换，呈现了草地和小城的生活不肯轻易显露的秘密。这样的歌者，叫人无法忽略。他的诗名从不炽热，但这些诗意，一旦有人经由就再也不能忘却。

不急躁，不畏缩，面对世相，面对亲人的“方寸已乱”，不急，我们不急，已然是何等定力。这看似是柔弱者的定力，必定是有着神意的眷顾的。而有了神意的眷顾，生命是要含泪感激的。

6

岁末年初，一岁一枯荣，隐忍的阿信亦有了这些新作——《点灯》《桑珠寺》《扎尕那女神》《河曲马场》《山中遇雨》《草地酒店》……

漫天雨水不能浇灭青稞地上汹涌的绿焰
也不能制怒

乖戾厨娘，揎袖露乳，剁切一堆青椒
如某人频频现身微信平台
臧否人物抨击世风

只有檐下一众游客表情沮丧如泥
只有院中几匹马神态安详，静静伫立

河水涨至车辆却步。但对面仍有藏人
涉险牵掣马尾泅渡
何事如此惶迫，不等雨脚消停

我也有天命之忧，浩茫心事
但不影响隔着一帘银色珠玑，坐看青山如碧

诗人的这首《草地酒店》，凛冽，激烈，而又安然按捺。已知天命之年的阿信，襟怀益加开阔，吸收广博而命意纹丝不乱。那“乖戾厨娘，揎袖露乳，剁切一堆青椒”，那“一众游客表情沮丧如泥”，那“院中几匹马神态安详”……制怒，抨击，惶迫，有天命之忧，一一袭来，但诗人既然有天命的顺从，就可以“坐看青山如碧”。宁静间，张力悄然展开，涵盖，而一切都在诗意的掌握之中。阿信，已然气定神闲，岁月果然给了诗人天命的尽知。

他新近的短诗《梦》，亦是拨动了神秘的机杼，神思妙悟，亦有哲思的警觉——

蝴蝶不认识我。
三十年，我在藏地出没，很少回来
身上多了一种异样的气味——
一个异端、另类，一个蝴蝶眼中
时刻保持警觉和敌意的非我？

天命之年，阿信依旧在竭力新造。沿着顺从天意的路径，阿信一路走去，而路边不断的草叶枯荣，是可以顺手拈起而成为新诗的。虽然，这看似顺手拈起的草叶，露珠晶莹，尘埃点点，但是要以诗意拈起，哪里容易。“十年得两句，一吟双泪流”。其间内心的磨砺不是随意外人所可以道的。

神谕，只给了那些能够承接神意的人。

而阿信，即是这样的人。

7

我厌恶那些整天都像是诗人，满口诗话的人。任何一种艺术，都只有历经长久的磨砺，心性的不断修炼完善，灵光才会偶尔一现。一瞬间有所创造的时候，自我满足一下，窃喜一下，就够了。之后，诗人应该是一个寻常的人，在田亩里劳作，流汗，活在街巷里悄然游走，直至黄昏。再之后，一觉天亮了，那个创造者早已经不在，只是一个普通的人。诗意的再一次的创造，是什么时候，谁也不知道的。日本诗人谷川俊太郎说：“每次面对一张白纸的时候，我都写不出一个字来。”这不惟是肺腑之言，更是诗人的宿命。

诗人阿信，想必亦是如此。

而一个诗人，似乎也是没有必要无限制地写下去的。一个诗人内心所有的盐，能添加多少杯清水，是有定数的。除非这个诗人天命里另有机缘，上苍经由更深的磨难而给了他更多的盐。就这种意义上讲，阿信那近乎十年的停顿，是盐的聚集和水的再生。

写诗数十年，阿信只写了不多的诗作，除了大约十年前出过一本《阿信的诗》，再就是前几年出版的《草地诗篇》。比起许多诗人，阿信的诗太少了。可他为数不多的诗，你读了，从来不会觉得少。这不多的诗，几乎每一首都诗情满盈，充溢，以至于我们读一会就得放下，心禁不住了，得让它们渐渐流出，有了空出的一处，才能让那诗意徐徐地浸润我们。我们很难想象陶潜在《述酒》之外，再写出数十首《述酒》；想象因痛彻的反刍写出《红楼梦》的曹雪芹，再写出一本《红楼梦》；而历经磨难的诗人昌耀，也不可能再写出一卷《慈航》。人一生的经历和修炼，决定了能有什么样的作品，也决定了能写出多少作品。多出来的，不过是盐分不够的盐水。

满地落叶随风飘起——
哦，秋天
你看我又一次两手空空，出现在这里

这是阿信在《秋天记事》里的诗句。但“两手空空”的诗人，他的内心是如许的静谧平和。这感恩于草原感恩于尘世的诗人，“出现在这里”，而且不惟“出现”，他的凝神之际，“不惊不扰，几百年过去了。// 不喜不悲，几百年后亦复如是”。

多年后，阿信这些诗篇是否还能存在，我不知道；但是，在这一刻，它们的清芬甘醇浸染和洁净了我们所身处的尘世，带来了温煦和苍凉，这就已经足够了。

2017 年 2 月

巫昂

巫昂，诗人，作家，曾为民刊《下半身》核心成员之一，出版有诗集《干脆，我来说》《通往阳光密布的所在》，宿写作中心创始人。

巫昂

代表作

凡是我所爱的人

凡是我所爱的人
都有一双食草动物一样的眼睛
他注视我
就像注视一棵不听话的草

1998 年 8 月 10 日

回忆录的片断（四）

我想写一本书
叫做
《巫昂——被伤害的历史》

二岁
在医院里输液
一个护士找不到我的血管
在我手上打了一下
四岁
做梦看到桌子上摆了一把红雨伞
醒来却一无所有
七岁
上学途中遇到一条蛇

它没咬我
我放声大哭
十一岁
在和一个人谈恋爱
他后来成为长途货车司机
从此把我放弃
十七岁
想上一所离家近的大学
没有成功
成了个假男人
二十二岁
看到一个人
眼睛长得像食草动物
他娶别人为妻
二十四岁
筹备自己的婚礼
没有丈夫
被迫在网上贴出征婚启示
二十六岁
成为可耻的第三者
二十八岁
脚下的楼梯有些松动
被夹了一个脚趾头
送到附近的精神病院
三十一岁
没有理由再拖下去
我在附近的郊区医院做了一次人流
出血无数
三十五岁
出版自己的第一本黄色小说
卖了一点钱
变成很有名的女人
三十八岁
坚持己见
被单位领导强行开除

四十六岁
和亲生女儿吵架
她的例假不正常
四十九岁
加入一个丧偶俱乐部
被分在低龄组
五十五岁
没有零钱买袋装牛奶
只好咬开包装膜
掉了一颗牙
五十八岁
在公园门口看门票价格
被一个小青年挤掉钱包
六十三岁
没有打算退休
在染头发的时候
被同事撞上
六十七岁
左边瘫痪，右边又不管用
眼睛出现懿影
七十五岁
孙子在门前摔了一跤
和媳妇反目成仇
八十八岁
在一夜无眠后
终于下定决心

2000 年 3 月 20 日

自画像（二）

在西安一个旅馆里
我抱着每晚二百三十元的枕头
放声痛哭

我明白，唯有这样的晚上
我是昂贵的，也是幼稚的
我是肥大的，也是易碎的

2001 年 4 月 16 日

我最亲爱的

我希望有人给我写封信
开头是：我最亲爱的
哪怕后边是一片空白
那也是我最亲爱的
空白

2007 年 9 月 2 日

干脆，我来说

干脆，我来说
那些草已经长不动了
它们得割
割到根部，但一息尚存
没有割草机我使用剪刀
哪怕它钝到不行
但哪次不是疼
教会了我们
大声叫喊
刀刃上的铁锈
每每胜过创可贴

2007 年 9 月 2 日

犹太人

他们没有土地
除了从不安稳的以色列
他们没有建筑物除了哭墙
他们没有声音除了嘶喊
他们没有笑容除非弥撒亚提早来临
他们没有国籍除了别人给的护照
他们没有家除了妻子和孩子
他们没有的，都在自己身上
每个人分担二十六秒的犹太历史

他们本该有 20 亿
屠杀成 1300 万
他们要尽量多地生儿育女
以备不时之虚
由于祖上时常被害
儿孙们格外聪明
智商测试都会感到害羞

他们是这些东西的妈
芭比娃娃、自由女神还有超人
他们也是这些东西的爸
《嚎叫》、《二十二条军规》以及《星球大战》
他们很衰也很有钱
他们不受待见但非常强悍

总有一天
他们的服务器
会比头顶上那点星空宽阔
无法 GOOGLE
他们会比雨人还会算火柴棍儿
比最穷的穷人还会躲避殴打

他们是所有房子里，永远的房客
自备牙刷和睡衣
最大号的家具
竟是手提箱

他们在十岁左右
就学会了奥斯威辛生存术
从下水道抠出面包渣
和泥吞下
学会在黑色的硬壳纸下面过夜
神经兮兮地打个小盹儿
醒来爬到钢琴前
挣扎着做完最后的乐章

他们不允许没干完活儿
就吃饭，或辞世

2007 年 9 月 4 日

寒 流

我只想做一个好女人、好妻子、好妈妈
但寒流逼死海鸥
我只想努力做饭不愿明辨是非
但寒流逼死海鸥

2008 年 4 月 4 日

新作选

鱼腥草拌黄瓜

早上起来写诗
这里的天光还没有大亮
我将以这小城为新的居所
白天阳光灿烂，夜里寂静无声
没有特别的事不再离开
坐着火车可以去老挝
他们说树上结着脑袋一样大的果子

我试着告诉老朋友这个消息
但多数情况下只是想一想
我们走在不同的路途上
更好的朋友不用说
他们会来

到这里后我没有喝过一口酒
甚至不再吃肉，我想
菲利普·拉金四十一岁才知道异性的滋味
不必把你相信的挂在嘴上
你既然相信就去做
就那么过，好的坏的

这里的人们也有自己的烦恼：
娶了傣族女人你就等着戴绿帽子吧
但我远离了知道我的
靠近了未知，未知是蛋清色的

一个人活到了四十一岁
应该把自己浸泡在蛋清色的未知里
何况是四十二，四十三
神啊，她说
但也是神教会了她以诗获利？

这里的人们蹲着大便，小便
领导同志也是戴着十几万的手表
跟别处一样，喝酒，四目空洞相对
我保持了自己不起身的习惯
不能跟那些红通通的脸靠得太近

没有任何证据表明
一个人死后将再来一次
会把这些路再走一遍
再观察一遍花和树四季的规律
我不希望任何连锁店开到这个小城里
它们次日便将倒闭

我将参与这里的人们的
满月礼、生日、婚礼和葬礼
他们会喊我去，端上来菜慢慢吃
搬来一捆柴烤火
负责劈柴的老太太忙着给客人添豆腐
她想用土话跟人聊聊天
于是我们聊了一会儿
孙媳妇有多贤惠，娶了她是福气
真让人高兴

我不再把注意力放在悲伤的瞬间
没有冬天的地方
这些情绪是多余的
鱼腥草拌黄瓜可以治疗一百多种病症
贪婪，衰老，沉溺，多情

安装门窗的小耿
早上九点会在北门等我们
他不是那种忙着敲碎玻璃的莽撞少年
一月十号如期而至
甚至不用站起来，也不用开门

2017 年 1 月 10 日

便宜又好用

我站在楼底下
望向十三楼那个
装着一整套生活的
悬棺
起床后，男人吃了好多馒头
女人已经洗了一缸衣服
她俯看我，匆匆忙忙地
我的头顶上挂着
他们的腊肠
又咸又油的水
一滴，两滴
都没有命中要害
第三滴开始燃烧
第四滴是血

2017 年 2 月 11 日

指南者

我在环岛遇到一个
嘴巴上装了拉链的老头
向他问路

他冲我做了个神秘莫测的表情
一头撞向一辆 Jeep 指南者
脑浆像尿一样喷出来
我差点错过了比这
更大的事
指南者拐向第二个路口
它在大白天亮着尾灯
和堪称一绝的雾灯

2017 年 2 月 11 日

帽 子

昨晚，我梦到了我的父亲
他一路追赶我到波多黎各
当时我正半躺在湿漉漉的地上
跟男友一起
脑袋靠着他
半个身子也差不多都压着他
“陈德元，你别过来！”
他没有过来
他悲切而沉默地看着我
这将死的人
他在安排他的四处房产和看不见的存款
正午的阳光照在我们三人身上
除了屁股
所有的地方都暖洋洋的
我的男友打算跟父亲找个地方喝一杯
我们本该起身，但没有
这是梦啊，在梦里
我的父亲突然向后倾斜
重重地倒在泥地里

他为了入乡随俗戴的帽子被风刮跑了
我也就永远地失去了他

2017 年 2 月 14 日

孩 子

我没有孩子
你们就是我的孩子
从十九岁到五十五岁
每一个都视若己出
德兰修女教会我为穷人擦拭身体
我的穷人
是精神上的，我的身体
是精神上的

2017 年 02 月 15 日

背后的故事

又到了背疼的时节
我每天仰着头走路，吃饭，睡觉
保持脊柱向后弯
周围的人们习以为常
他们把自己挂在天花板上跟我说话
说的是谁也听不懂的话
另外一个世界的事情
我也习以为常
我有时偷偷跟聊得来的人接吻

2017 年 02 月 18 日

菜地（二）

我想出一笔钱
让房东的父亲帮我平出一小块地
再出一笔钱
让他帮我种些萝卜和大葱
三不两时地付点钱
让他帮我浇水、抓虫子、除草
然而他说：这样的钱挣起来没意思
他指着自己的菜地
说："随便摘，随便挖。"

2017 年 02 月 18 日

她是谁

她从我身上跳下来
拉直短裙和黑色丝袜
拿起小筐离去
用心做不了她
她对我来说
是很大很重的一个钟

2017 年 02 月 20 日

婚　史

我的婚史错综复杂
但只有一次被法律记录在案
我找了个律师，问她一个问题
这个合法的丈夫现在何处

她摇了摇头
跟我要了一枚硬币
要去坐地铁，看自己的病
如果要把我的婚史说清楚
需要两个专业人士
一个扶着头，一个按住腰
那种被不知道是父母还是世俗社会
紧紧压倒在床的时刻
在我一生之中
从未消停过
你觉得我自由
那是假的
醋里面混着酱油
我们的爱永远都是滥交的
一次性的，脱口而出的
当我看着一个从未见过的人
远远地走过来
开始回忆
这是我的丈夫
还是妻子

2017年2月25日

张执浩

创作不应受到限制

在一首题为《诗是》的短诗中，巫昂提笔就写道："诗是抢来的/从一堆垃圾里捡来的/过得太好的人写不出诗/诗趴在你的后背，她的胸前/唯有失去和永远失去才可以喂饱它"。读到这首诗的时候，我禁不住扭头看了一眼自己的身后，我自然是看不见自己"后背"的，"她的胸前"我也没能看清楚。"唯有失去和永远失去才可以喂饱它"，这是诗人在茫然四顾之后洞悉到的诗歌发生学的秘密，但她采取的方式却是通过生理上的直观反应。作为百年新诗史上最为成功的诗歌流派之一"下半身"中的一员大将，巫昂的写作一开始就充满了杀伐之气，如同她在《干脆，我来说》中所使用的语调一样："干脆，我来说/那些草已经长不动了/它们得割/割到根部……"直接，精准，酣畅淋漓。与当年她的那些"战友"不同，巫昂作品的力量并不以粗鄙莽撞来获取，她的"冒犯"更着眼于精神上的特立独行，旁观与对峙，尽管她也写性，写肉体的欲望，但我们从中读到的却是诗人对现实世界的揶揄与嘲讽，是一位孤绝的女性在男权世界里的桀骜不驯："你就是送上门来/供我伤害的"（《男性们》）。

2008年初，《汉诗》第一卷出版。为了寻找一位与《汉诗》的气质定位相匹配的"开卷诗人"，编辑部内部曾展开热烈的讨论，开列出了一份几乎囊括了当年各路当红诗人的大名单，最终确定巫昂作为女性诗人的代表第一个出场，一次性推出了她的24首诗，其中就包括了后来成为她代表作的《犹太人》《干脆，我来说》《我最亲爱的》《耶稣》等作品。选择巫昂并不是妥协的结果，而是对她诗歌中所体现出来的独立、自由、不迎合、不将就的态度的激赏。事实上，这也是《汉诗》后来一以贯之的态度（私下里我们称之为"非暴力，不合作"）。这么多年过去了，我注意到巫昂的写作已经由早期的激烈变得柔和了许多，但是，对抗性依然存在，她与这个世界之间的紧张关系并没有缓和，只不过她采取了一种规避的方法，如同她后来在那首《写给朋友的信只需要一行》的诗里所写的那样："谁的衣服落在我这里/开春后请拿回去/人不要来/来封信就好"。这首短诗可以看作巫昂目前的心境写照：淡然，却不冷漠，用一种迥乎于从前的语调呼应了她早年在《我最亲爱的》中所流露出的急迫和焦虑："我希望有人给我写信/开头是：我最亲爱的/哪怕后面是一片空白/那也是我最亲爱的/空白"。同样是一封"信"，诗人对待它的态度已经大相径庭。

《犹太人》是巫昂广受好评的一首诗。这首诗的视角开阔而细致，涉及了一个特殊种族的历史、文明和日常，最终呈现出了令人唏嘘的命运感。我曾经在一篇文章中谈到过，当代中国诗人似乎不擅长处理与一些大词之间的关系，譬如写作者与"国家"、"民族"或"人民"等之间的关系，因为我们缺乏对这类词语的认同和亲近感，所以，在面对它们的时候，要么束手无策，要么生搬硬套，很难形成一种血肉相依水乳交融的写作。巫昂在这首诗里也使用了一些大词，甚至也采用了大量的铺排，但读者在进入的时候却毫无违和感。这恐怕得益于她曾在美国多年的生活经验，这些无比真实的细节构成了这首作品的纹路和肌理，使那些貌似空洞的大词得以落地。事实上，巫昂在美国生活期间（或以之为元素）所创作的那批作品都多少具备开阔与细腻并织并举的特点，一方面是取自再也通俗不过的日常素材，另一方面它们制造出来的效果却令人惊悚，譬如《乳房》里的“总统和总书记”，譬如《耶稣》中的“蛋黄和蛋清”。

“我把三十六岁当作一个目标 / 那一年，我要比别的年份更强硬 / 我会成为你的母亲 / 为你牙床上的凹槽抹上细盐 / 那会有一点点痛 / 当你夜半哭醒 / 从被褥里伸出一双手 / 我就在隔壁房间 / 跟一个男人平排躺在一起 / 他决不会为你起来”。这是一首题为《三十六岁》的诗。我不知道诗人为什么要对这个年龄竖起一道心理警示牌，但我从她的另外一首《回忆录的片断》(四)诗里读到了这样的事实“三十一岁 / 没有理由再拖下去 / 我在附近的郊区医院做了一次人流 / 出血无数 / 三十五岁 / 出版自己的第一本黄色小说 / 卖了一点钱 / 变成很有名的女人 / 三十八岁 / 坚持己见 / 被领导强行开除……”作为一位对性别意识非常敏感的诗人，巫昂其实早已洞悉了自己的命运，也早就意识到了“更强硬”之必要。磨损，击打，受伤害，巫昂用一种血肉模糊的写作见证了自我的成长，像一个不断地往自己的伤口上撒盐的人，从前没有愈合的再也没有必要愈合，而那些早已愈合了的则如纹身一般妖娆：“那么长的枕头他躺在中央 / 太空旷太空旷 / 一列火车在深夜奔驰而过 / 撞飞了两头矮胖绵羊”（《你心中早已有了答案》）。

Chinese 汉诗 Poetry

外国 Foreign Poet 诗坛

关于布劳提根

方闲海

理查德·布劳提根 (Richard Brautigan)，1935年1月30日生于美国华盛顿州的塔科马市(Tacoma)，1984年10月25日在加州的波里纳斯(Bolinas)家中的大房子里开枪自杀。活到了49岁，正值最富创造力的年龄。有人曾浪漫化地描述过他死亡的环境。他的尸体躺在客厅的地板上，面前有一个大窗户朝向太平洋，树木葱茏。可惜了，不是春暖花开。据他女儿回忆，在自杀前的十多年间，布劳提根经常提到自杀。

跟许多文学史上的传奇人物类似，他也拥有一个标配的不幸之童年。甚至，布劳提根的生活具备一个讽刺性的结局，直到他自杀后才有人告知他父亲，并弄清楚了他们原来是父子身份。在母亲怀孕之前，布劳提根的父母就离婚了。

布劳提根是一个偏执狂精神分裂症和抑郁症患者，接受过休克治疗。他还是一个酒鬼，酗酒使他有暴力倾向。他结过婚离过婚又再婚又离婚，多次恋爱，有一大串常人的麻烦，当然也拥有过短暂的幸福和甜蜜。

布劳提根20岁左右就发表了诗作。1957年出版了单首诗的第一本诗集《河流的回归》，后又凭小说《在美国钓鳟鱼》（1961年写，1967年发表）爆得大名，还另有最出名的代表小说之一《西瓜糖》（1968年）。他也被禁过作品，包括著名的诗歌《避孕药与斯普林希尔矿难》。他成名之后又沉寂下去（这也跟他不愿意重复已有成功作品的风格有很大关系），有一段时间，他似乎被读者遗忘了，直到死亡又唤醒一切，包括他的创作价值。1982年，《这样，风就不会吹散一切》，是他生前最后出版的作品。

好吧，关于他生平的细枝末叶之介绍，我就此打住，已经是网络时代了，请读者自己谷歌吧，确实有许多值得回味的地方。譬如，他也做过驻校诗人授过课。他在20世纪60年代卷入旧金山的反主流文化运动。他经常出没于音乐会，在大街上分发过诗歌，在诗歌俱乐部表演。

总之，布劳提根作为一位美国小说家和诗人，作为六十年代反文化的所谓的大师，布劳提根以独特的想象力所描述的自然生活和情感的主题，非常吸人眼球。批评人士经常将他的工作跟作家梭罗、海明威、巴塞尔姆以及马克·吐温相比较，将他誉为“新小说”的主要代表作家之一。有趣的事，他也被称为“一个天才的乡巴佬”。

布劳提根的作品风格主要倾向于黑色幽默、戏拟、忧郁、悲观、反讽、机智、冷调、简洁、平面性等，这些所有诗学元素的综合，造就了他的独特性。罗伯特·诺瓦克（Robert Novak）在《文学传记词典》中写道："布劳提根通常被看作是20世纪50年代的垮掉派运动与20世纪60年代的青年革命之间的桥梁。"

他确实影响了一些写作者，包括村上春树、莎拉·霍尔(Sarah Hall)、W.P.金塞拉等。他甚至影响了一些摇滚乐队。如果他不早逝，不难预测他还能结出文学硕果，毕竟他是一个严肃的写作者。

中国大陆译介他的诗歌，大概在2000年以后，跟译介美国另一个著名酒鬼诗人布考斯基作品的时间差不多，但布劳提根作品还没造成多大的阅读影响力。颇为讽刺的是，他的诗歌在中国，甚至被网络读者喻成了"梨花体"。究其原因，我觉得主要是诗歌翻译质量的问题所引起的后果。布劳提根在中国通过一些不良翻译，仿佛又被自杀了一次。试想布劳提根是一个在文学形式语言上非常有追求并有造诣的诗人，他尝试运用各种极富个性的文学技巧。不乏有批评者赞赏布劳提根的诗歌。罗伯特·凯恩在《芝加哥评论》中指出，在布劳提根写作的纯粹形式里，能找到现代主义与后现代主义之间的差异，并提供了一个后现代主义的原始诗学实例。

1979年12月，布劳提根参与了现代语言协会在旧金山举行的一次讨论会，关于禅和当代诗歌的话题，共同参与讨论的有著名的诗人加里·斯奈德(Gary Snyder)、菲利普·沃伦(Philip Whalen)等。

我在翻译诗歌的过程中，也着实体会到了布劳提根诗歌的魅力。语言的精准性和简洁度简直可比拟中国艺术的白描，原创性的想象力和奇想的品质也让我惊叹，譬如短诗《发现》。

布劳提根经常在他的写作中将生命和自然联系起来，譬如短诗《自然诗》等。他最后以挫折和幻灭结束了生命，预示了生命和自然之裂缝，表达了一意孤行的绝望。这在《避孕药与斯普林希尔矿难》一诗中能够强烈感受到其价值观的评判和撕裂。

布劳提根曾经写道："我们所有人在历史上都有一席之地。我是云。"

布劳提根诗选

方闲海 译

发 现

阴户的花瓣绽放
像克里斯托弗·哥伦布
正在脱他的鞋

还有什么比这更美妙的?
一艘船的船头
正在触碰一个新大陆

11月3日

我坐在咖啡馆,
喝着一杯可乐。

一只苍蝇正睡在
餐巾纸上。

我不得不叫醒它,
这样我才能擦我的眼镜。

在那有一个美女我想瞅瞅。

爱情诗

真好
早晨醒来
就自己
不必告诉谁
你爱她们
当你再也
不爱她们了。

自然诗

月亮
是哈姆雷特
骑着摩托车
正沿着夜路
冲下来。
他穿着
黑色皮夹克
皮靴。
我
无处
可去。
我将骑上
一整夜。

避孕药与斯普林希尔矿难

每当你吞下你的避孕药
就像一场矿难。
我想到所有的生命
在你体内丧失了。

注：
1. 理查德·布劳提根写下这一首诗，题为“The Pill versus The Springhill Mine Disaster”，发表于1968年。
2. 避孕药：1954年，美国生物学家格雷戈里·平卡斯发明了世界上第一种有效口服避孕药，并进行了首批临床试验。在1968年6月，Konbret杂志刊登了一个清单，写上了能够给单身女性提供避孕服务的医生名址。避孕药开始成为女性独立的一个标志。
3. 斯普林希尔矿难：可指加拿大的坎伯兰县历史上任何发生

在1891年、1956年和1958年的三次不同的矿山灾难。1958年10月23日，斯普林希尔矿难造成174个矿工的伤亡，成为当年世界性事件。由于自然灾害与事故的不断，斯普林希尔煤矿在1971年被关闭。

在咖啡馆

我看到一个男人在咖啡馆折一片面包
仿佛他正在叠出生证或看情人的遗照。

十四行诗

大海像
一位年老的自然诗人
在公共厕所里
死于
心脏病突发。
他的鬼魂一直
出没于小便池。
夜里能听到他
光着脚
在黑暗中
来回晃悠。
有人偷走了
他的鞋。

惊 异

我抬起马桶盖
那像是一个鸟巢

我看见猫脚印
绕满了这只便盆的边缘。

下中国跳棋的人

我六岁时
和一位
九十三岁的女人
下中国跳棋。
她独自住在
我们同一走廊的公寓。
我俩下中国跳棋
在每周一和周四的晚上。
当我俩下棋时她就聊
七十年前死去的
她的丈夫
我俩一边喝茶吃饼干
一边作弊。

不由自主的蚂蚁窝

受饥饿的驱使，今晚我被迫
吃又一顿光棍晚餐
我拿不定主意
到底是吃中国
菜还是汉堡包。老天，
我讨厌独自晚餐。这
　　等于受死。

交配的口水

一个女孩穿着绿色迷你
裙，不难看，走在
　　大街上。

一个上班族停下脚步，转过来
盯住她的屁股
这屁股看上去像发了霉的
　　冰箱。

目前有200,000,000人
　　在美国。

Chinese 汉诗 Poetry

诗观点

Viewpoint

新世纪以来的中国先锋诗歌　**沈浩波**

新世纪以来的中国先锋诗歌

沈浩波

序幕：盘峰论争，是上个世纪的尾声，也开启了新世纪的中国当代诗歌

1999 年 4 月 16 日到 4 月 18 日，由中国社会科学院文学研究所当代文学研究院等 4 家文学机构组织的“世纪之交：中国诗歌创作态势与理论建设研讨会”，在北京郊区的平谷县盘峰宾馆召开。在这次诗歌研讨会上，持不同美学立场的诗人之间，爆发了一场尖锐的论战，整个论战从会前到会后，持续了约三四年之久，对中国当代诗歌的走向，产生了深远的影响。也正因为这个原因，围绕这场研讨会的诗人论战后来被中国诗歌界命名为“盘峰论争”。

“盘峰论争”并非从盘峰宾馆的这场研讨会才开始。论争的氛围早已在会场外酝酿成熟。最初的肇始，来自于我的一篇文章《谁在拿 90 年代开涮》，其时我正在北京师范大学中文系读大三，这篇文章最初也只是发表在我所创办的北

师大校园文学报纸《五四文学报》。文章的批评对象是人民大学教授程光炜主编的，试图对90年代中国诗歌进行总结的诗歌选集《岁月的遗照》，并进而批评了在90年代新崛起的学院派诗歌写作者试图借助学院式的文学批评权力，构建一个完全由学院派美学主宰的当代诗歌秩序。我认为这种秩序的建立是对中国当代诗歌进入现代主义先锋性写作以来的一次重大的美学倒退，而学院派利用学院式的批评权力，对中国当代诗歌中明显的，并且成就卓著的先锋诗歌一脉进行了最大程度的遮蔽。《谁在拿90年代开涮》应该是90年代最早的一篇批评整个学院派写作体系并揭示出遮蔽的文章。这篇文章发表后，立刻由北师大校园传播到了整个中国诗坛，80年代成名的中国第三代诗歌代表诗人韩东和于坚，90年代中国先锋诗歌的代表诗人伊沙纷纷给我写信，认为这是一篇非常重要的文章。1999年年初，韩东将这篇文章拿到南京的《东方文化周刊》发表，伊沙则将这篇文章拿到西安的《文友》杂志发表。

1999年初，广州诗人杨克主编了一部《1998中国新诗年鉴》，于坚、韩东都是这部年鉴的编委，盘峰论争之后，我也成为这部年鉴的编委。《1998中国新诗年鉴》选入了大批被学院派遮蔽的，涌现于90年代的年轻诗人。后来成为中国小说界重要批评家的谢有顺，其时刚刚硕士毕业，来到广州从事媒体工作，为这部年鉴写了一篇书评，名叫《内在的诗歌真相》，同样有意无意地将批评的锋芒对准了以北京为根据地的学院派诗歌。我和谢有顺其时一个还在大学就读，一个刚刚开始工作，写这两篇文章的时候都还没有与中国当代诗歌发生什么关系，却因为这两篇文章，意外地成为中国诗歌界关注的对象。这两篇文章后来被视为“盘峰论争”的先声和导火索。我们虽然没有参与1999年4月的“盘峰会议”，却在会上被学院派诗人愤怒地“缺席审判”，其后也都成为论争中笔战交锋的主力，也因此进入了中国当代诗歌的现场。这也是中国70年代出生的一代在诗歌界的第一次真正意义上的出场。

《谁在拿90年代开涮》和《内在的诗歌真相》侧重点其实差异性很大。这种差异性，几乎也就是“盘峰会议”被被命名为“民间立场”一方的内部差异性。后来对“盘峰论争”进行研究的学者们一直如坠云雾，至今难以阐明“盘峰论争”中被称为“民间立场”的一方，到底意味着什么。

盘峰会议的主持人，首都师范大学的教授吴思敬在“盘峰会议”上将论争的双方命名为“民间立场”和“知识分子写作”，这是一个即兴的命名。“知识分子写作”一词，从80年代末到90年代末，经过西川、欧阳江河、臧棣、程光炜等人的不断解释，涵义非常清晰，几乎成为中国学院派写作的代名词，程光炜在《岁月的遗照》序言中已经将90年代的中国诗歌直接等同于“知识分子写作”。“民间立场”这个词，则来自杨克主编的《1998中国新诗年鉴》的一句封面广告语，其实并不能包含“盘峰论争”中作为“知识分子写作”的对立面存在的一方。

在“盘峰会议”的现场被主持人指认为“民间立场”一方的诗人，有于坚、伊沙、徐江、侯马、杨克和批评家沈奇等（代表“知识分子写作”一方的诗人和批评家则是王家新、西川、臧棣、唐晓渡、程光炜等），而在会前会后论争过程中的重要参与者还有沈浩波、谢有顺、韩东、杨黎、何小竹、宋晓贤等。这个阵营实际上是90年代学院派试图树立起“知识分子写作”这一主流秩序之外的诗歌力量的聚合，并不是一个严格意义上的美学整体，因此也很难进行严格的命名。

被指称为“民间立场”的诗人，有的认同这一命名，比如《1998 中国新诗年鉴》的推动者于坚、韩东和杨克，韩东在“盘峰会议”后写作长文《论民间》，试图对“民间”一词进行解释；也有的对这一指称并不认可，比如伊沙、徐江、侯马、沈浩波等 90 年代涌现的年轻一代先锋诗人。

另外，“民间立场”的诗人们对于学院派将自己命名为“知识分子写作”并不赞同，他们认为学院派诗人们只是将诗歌当成了一种“学问”，一种可以操作出来的写作技术，而并没有体现真正的知识分子精神。在 90 年代，学院派诗人们的诗歌通过学院的批评力量，在所有官方报刊上通行无阻，而真正的先锋诗人们的作品仍然更多在“地下”流通，很难被发表。这似乎也证明了学院派的“知识分子写作”只是一种偷换概念式的自我命名，而并非 1989 年以后，中国知识界真正呼唤的那种反抗的道德。

盘峰论争中被指称为“民间立场”的诗人其实包含了这几个部分：

一是中国当代诗歌中口语诗人的集合。于坚、韩东、杨黎、何小竹分别是 80 年代中国最重要的两大诗歌流派“他们”和“非非”的代表诗人，也是 80 年代中国口语诗歌运动的代表人物；而伊沙、侯马、徐江、宋晓贤则是中国 90 年代最重要的口语诗人；沈浩波则在盘峰论争后，成为新世纪中国口语诗歌的代表人物。80 年代的中国口语诗歌，被称为“前口语”；90 年代的中国口语诗歌，被称为“后口语”。“民间立场”是当代中国诗歌中，三代口语诗人的第一次，也是最后一次作为一个整体出现，来对抗以学院派书面语修辞写作为主要语言方式的“知识分子写作”。从这个意义上来讲，“盘峰论争”在语言上的对抗，就是精神上更自由开放的当代口语写作与越来越陷入修辞崇拜和词语崇拜的书面语写作之间的对抗。

二是中国先锋诗歌力量的一次集合。在中国当代诗歌中，每一次诗歌发展，都意味着一场先锋与传统的对抗。“盘峰论争”被学术界认为是中国当代诗歌史上第二次重要的诗歌论争。第一次则是 20 世纪 70 年代末 80 年代初的“朦胧诗论争”。“朦胧诗论争”的主角是中国当代文学史上第一批真正意义上的诗人北岛、顾城、舒婷、芒克、多多、杨炼、江河、严力等，和三位支持这群年轻诗人的重要批评家谢冕、孙绍振和徐敬亚。他们所对抗的当然是中国官方主流文学体系。由于这群年轻诗人的诗歌官方主流文学界读不懂，因此被命名为“朦胧诗”，北岛对这个命名显然并不认可，他更愿意将这批大多数成长于北京的，在他创办的地下文学杂志《今天》上发表作品的诗人称为“今天派”诗人。《今天》杂志也成为后来中国诗歌界民间的、地下的文学杂志的开端。所以，如果不知道“民间”一词中所包含的“地下”性质、对主流和秩序的反抗性质，以更自由和不断打破美学禁区为特征的“先锋”性质的话，就不能真正理解“民间”一词。自《今天》开始，到新世纪网络诗歌的兴起而终结，当代中国先锋诗歌的发表阵地主要在各种各样的地下出版物上，也被称为“民刊”，即民间诗歌报刊。从 1978 年北岛、芒克创办的《今天》，到 80 年代的《他们》《非非》《莽汉》《倾向》《海上》，到 90 年代的《诗参考》《葵》，到 2000 年创刊的《下半身》，构成了长达 22 年的中国民刊时代。所谓“民间”，正是民间诗歌报刊的“民间”，正是地下、反抗主流与权威、自由意志与打破美学禁区的体现，是诗歌先锋性之所在。

进入 80 年代以后，“朦胧诗一代”战胜了陈腐的官方主流文学，北岛、顾城、舒婷们成为年轻人心中的偶像，他们所代表的文学经验成为新的主流和权威。这时，更年轻的一代诗人已经在“地下”孕育和成长，随着中国社会的开放，欧美的更多美学思潮大规模进入中国，现代主义的文学经验不再是居住于北京的少数人能接触到的特权，而是更多地延伸进平民阶层。在这样的气氛下成长起来了新的一代诗人，他们普遍出生于1960年到1965年之间，更多地集中于成都、重庆、南京、上海等地，而不再是北京。这一代诗人后来被命名为“第三代诗人”。“第三代”这个叫法的含义，至今莫衷一是，但最初出自四川成都的大学生诗人之口。“第三代”诗歌形成了三个对当代中国诗歌有重大影响的诗歌流派，分别是“他们”、“非非”和“莽汉”。韩东、于坚、杨黎、李亚伟等80年代的重要诗人均来自这三个流派，并且都选择了口语化的诗歌写作，“口语写作”从一开始，就意味着对主流诗歌语言的一种反抗。他们不满于“朦胧诗”一代建立于“意识形态对抗”基础上的诗学，主张诗歌与意识形态分开，建立一种更纯粹的诗歌，也可以被称之为“纯诗”。尤其是“他们”和“非非”，其诗歌美学的根基构筑在“语言”本身——韩东明确主张“诗到语言为止”——而不再是构筑在通过意识形态对抗展现的抒情诗意上，不再是依附于庞然大物而存在的那种崇高感、悲壮感和道德感上。以韩东和于坚为代表的“他们”诗派，是中国当代诗歌中“平民化”的开始，强调日常生活的诗意；以周伦佑和杨黎为代表的“非非”诗派，在诗歌文本上进行了更多的语言实验，追求一种更极致的语言探索（*杨黎在这种语言探索过程中成长了至今为止中国最重要的语言诗人之一，并在新世纪的网络时代最终形成了自己的“废话”诗学*），在精神上则明确反对那种建立在文化基础上的诗歌和建立在崇高道德基础上的诗歌；“莽汉”诗派则是中国最早的彰显生命意志的诗歌群体，也是“身体诗学”的最早尝试者，可惜在这两点上都没有形成自觉的理论系统，在写作上也只是不自觉地浅尝辄止，其后，这个诗歌流派的代表人物如李亚伟等更多地热衷于在诗歌中彰显自己的修辞才华。“第三代诗人”在80年代中期之后迅速成长为与“朦胧诗一代”分庭抗礼的诗歌力量，虽然没有明确的“争论”事件发生，却有着确凿的美学对抗。这同样是新的先锋对新的主流、新的秩序的一次对抗。无论是口语诗的产生，平民意志的伸张，语言诗学的建立，纯诗的态度，对文化、道德等“庞然大物”的反抗和对浪漫主义抒情诗歌的反对等，都是“第三代诗歌”的重要贡献。

在以口语化的先锋诗歌为主体的第三代诗歌运动如火如荼地席卷80年代中后期的情况下，与“第三代”诗人同一代的，更多地继承了朦胧诗一代诗歌经验的一批诗人（*后来在更多场合被命名“后朦胧诗歌”，以作为和“第三代诗歌”的区分*），显得缺乏美学上的创新。这批诗人以海子、西川、骆一禾等北京大学毕业的，具有浓重精英意识的诗人，和以欧阳江河等部分四川诗人为代表，也包括其时在《诗刊》杂志工作的一度被视为“朦胧诗一代”晚期诗人的王家新，他们在早期更多地继承了“朦胧诗一代”建立在象征、隐喻基础上的早期现代主义诗学，和建立在浪漫主义美学基础上的崇高抒情，乃至肇始于杨炼和江河的史诗写作等。1989年之前，在他们的前辈“朦胧诗一代”和同辈“第三代诗人”的双重挤压下，他们的声音并未被彰显。尤其是海子、欧阳江河、廖亦武等人的史诗写作，更被证明为虚妄和无效。也正是在这个背景下，1988年，西川、陈东东、欧阳江河等以民间刊物《倾向》为阵地，开始尝试性地提出“知识分子写作”这一概念，这一概念在当时影响力很小，也并没有能够浮出水面。进入90年代后，“知识分子写作”则成为以书面语修辞写作为特征的整个北京学院诗歌体系的代名词，因此容纳进了以更年轻的，北京大学毕业的诗人臧棣为代表的，更极致地以修辞和词语构成“纯诗”的一批现代性表征更强的诗人，这批诗人是肇始于80年代的现代主义语言诗学在口语之外，向学院书面语体系发展的一支力量。

1989年是中国当代诗歌的一个巨大的分水岭。3月份，北京诗人海子在山海关卧轨自杀，这种惨烈的死亡方式令海子成为某种殉道士般的悲壮的抒情符号。同一年5月，同样毕业于北京大学的海子挚友骆一禾病故，更加重了这种悲剧的抒情氛围。海子和骆一禾的写作，都带有浓烈的根植于农业文明社会的浪漫主义抒情特点和根植于道德和文化的史诗写作特点，而这些正是第三代先锋诗人所反对的。海子和骆一禾的死亡，在80年代末尚未真正变成一个现代化国家的中国，构成了根植于农业文明社会的浪漫主义抒情诗歌大规模死灰复燃的道德基础，也令北京大学成为中国诗歌的重要阵地，这是当代中国诗歌中学院派力量的第一次爆发，也为根植于学院体系的“精英诗歌”的崛起提供了可能；

80年代末，中国的知识精英们积攒起来的自由、开放的精神力量已消耗殆尽。文化和文学上的自由派和先锋派失去了社会根基。在文化领域的一切层面上，保守主义大行其道。以先锋、实验、反抗和自由为根基的第三代诗歌运动戛然而止。与此同时，被压抑的中国知识界又在呼唤能为他们带来泪水的，能满足他们的良知和道德需求的文学，尤其是诗歌。而朦胧诗一代如北岛、顾城、多多等都已离开国内，远在海外，在1989年去世的海子和骆一禾因此如同祭品般被推上了神坛；其时在《诗刊》工作的朦胧诗晚期诗人王家新以一首《帕斯捷尔纳克》迎接着俄罗斯“白银时代”的诗人们大规模进入90年代的中国诗歌。这是一个需要抒情需要泪水需要知识分子哭泣的时代。

与海子、骆一禾并称北大三杰的西川，和继承了朦胧诗一脉道德抒情传统的王家新，以及从四川来到北京，早期写作史诗，后来转为隐喻和修辞写作的欧阳江河，代表了“知识分子写作”的几股重要力量。欧阳江河、程光炜等诗人和批评家敏锐地把握住了这一时代特点，开始将“知识分子写作”这一概念扩大到整个根植于北京的学院派体系，扩展到以学院书面语修辞写作为特点的诗人群体，北京著名的诗歌批评家唐晓渡以及程光炜等大学教授的加入，使得“知识分子写作”获得了整个北京的大学院校批评力量的加持，北京重新成为中国当代诗歌的重镇，大学院校取代了过去的官方作家协会体系成为新的秩序中心，第三代先锋诗歌力量的现代主义诗歌成果被一点点吞噬。直到1998年，程光炜主编90年代诗选《岁月的遗照》出版，将“知识分子写作”与“90年代诗歌”直接划上了等号。这才直接导致了我的那篇《谁在拿90年代开涮》的产生，也催生了谢有顺为《1998中国新诗年鉴》所写的那篇《内在的诗歌真相》，令80年代第三代中国先锋诗歌的代表诗人于坚、韩东、杨黎与90年代中国先锋诗歌的代表人物，同时也是90年代“后口语诗歌”的倡导和实践者伊沙、徐江、侯马等汇集为“盘峰论争”中的“民间立场”。

所以“盘峰论争”从诗歌精神上来说，就是中国当代先锋诗歌第三次对主流和秩序的反抗。也是先锋派对传统诗歌价值观的反抗。与“朦胧诗一代”当年面对的庞然大物——中国官方文学相比，这一次的主流和秩序的代表者，是中国新成长起来的学院文学系统，“知识分子诗人”正是依靠这一系统获得了90年代的诗歌话语权。无论是官方文学的诗歌体系，还是学院诗歌体系，都是借助于社会化的庞然大物而得以存在并获得美学话语权，但真正的“民间”、“地下”和“先锋派”则永远站在任何庞然大物的对立面，更多依赖内在的精神探索、美学探索和先锋的魅力而生长。这一次的论争和对抗，也证明了80年代以来，中国地下的，民刊时代的先锋诗歌发展道路并未被中断，从前口语到后口语，从第三代诗人到伊沙、徐江、侯马、宋晓贤、贾薇；从《他们》《非非》《莽汉》到《诗参考》《葵》再到《下半身》，现代主义语境下的中国先锋诗歌一直在承继和发展，从未停止生长，只不过被新的主流话语体系遮蔽了光芒。

三是中国外省诗歌力量的一次集合。除了我在上文中所陈述的口语诗歌与书面语修辞诗歌的对抗，先锋诗歌与主流和秩序的对抗，“盘峰论争”其实还隐含了一层外省文学与首都文学之间的对抗，这同样意味着对主流的反抗。正如上文所说，“知识分子写作”的诗歌体系首先是借助北京的，以北京大学为代表的学院体系完成了文学话语权的占有。而盘峰会议前后参与论争的诗人中，除了我和侯马之外，其他诗人都来自外省，尤其是南京、成都和广州。南京和成都分别是第三代诗歌运动的重要诗歌城市，从某种意义上讲，第三代诗歌运动本身也包含了年轻的外省诗人们对位居首都的“朦胧诗一代”的反抗。杨克和谢有顺生活在广州，广州是中国最具平民性和世俗性的城市，《1998中国新诗年鉴》在广州出版，主编是杨克，云南的于坚和南京的韩东是其核心编委，而于坚和韩东在80年代，又是以诗歌的平民精神和日常生活美学为特征的“他们”诗派的代表人物。《1998中国新诗年鉴》与程光炜主编的《岁月的遗照》直接形成了选本与选本之间的对抗，如果我们把杨克、于坚、韩东、谢有顺称为“盘峰论争”中的“年鉴派”的话，就更能清晰地看到“盘峰论争”中这种外省与首都的对抗，平民主义精神与学院精英派写作之间的对抗。可惜的是，“盘峰论争”中构成“平民主义”精神的“年鉴派”在日后并没有真正成为中国当代诗歌中彰显平民精神的文学人物，有的甚至完全走向了反面。

盘峰论争中，“年鉴派”之外的另一支“民间立场”的重要组成部分，后来被称为“北师大诗群”，包括伊沙、侯马、徐江、沈浩波和宋晓贤，均毕业自北京师范大学。这批毕业自北京师范大学的诗人是中国学院文学体系的“逆子”，他们直接承继了80年代中国当代诗歌中的先锋意志，并以更强烈、更坚决的先锋性与主流、权威和秩序对抗。在“盘峰论争”中，“北师大诗群”更多地代表着“民间立场”中的口语写作与先锋精神。这群诗人中，徐江与侯马的写作直到新世纪以后才臻于成熟，伊沙是90年代中国先锋诗歌真正意义上的代表诗人。

如此抽丝剥茧，方能呈现“盘峰论争”的美学真相。这是先锋与主流、先锋诗学与传统诗学的对抗，是口语诗歌体系与学院化的修辞诗歌体系的对抗，也包含着平民意志与学院精英主义的对抗。

“盘峰论争”从上个世纪末延伸到新世纪初的头两年，时间大约是从1998年到2002年。一场论争为上个世纪的写作画上了句号，也为中国的“民刊”时代画上了句号，同时也开启了新世纪以为互联网为主要发生现场的诗歌时代。

一、下半身诗歌运动与中国诗歌的互联网时代

有学者指出，“盘峰论争”的一个重要结果是，催生了出生于上个世纪 70 年代的一批中国年轻诗人的出场。说的正是我和我的同仁们在 2000 年所发起的“下半身诗歌运动”。

从 1998 年到 2000 年，我在大学毕业前后，陆续结识了一批年轻的天才诗人，他们与我年龄相近，志趣相投，蔑视权威，生机勃勃，等待着一次出场的机会。2000 年 5 月，《下半身》诗歌杂志创刊，又正赶上互联网时代的到来，这群年轻的“下半身”诗人聚集于诗人南人创办的“诗江湖”bbs 上，通过互联网的快速传播，激进的诗学主张，与以往诗人完全不一样的诗歌写作，在中国诗歌界引起了轩然大波，一场名为“下半身诗歌运动”的先锋诗歌潮流向中国诗歌界的所有壁垒和角落发起了冲击，并形成了巨大的争议。90 年代中国先锋诗歌的代表诗人伊沙发表文章《我寻求加入下半身》，80 年代中国先锋诗歌的代表人物杨黎与何小竹在“诗江湖”bbs 联名发表公开信，声称这是“一群天才集体冲上街头”，而更多的诗人和批评家则通过各种方式表达着他们的愤怒和无法接受，甚至发出了“诗歌死了”的哀鸣。“盘峰论争”所撕开的秩序裂口被“下半身诗歌”进一步冲击，互联网加速了这种主流秩序的倒塌。沈浩波、尹丽川、朵渔、巫昂、南人、李红旗、盛兴、马非、朱剑等《下半身》杂志的创刊同仁，和在 2001 年、2002 年在《下半身》杂志第二期和“诗江湖”论坛上陆续亮相的“下半身”同仁如轩辕轼轲、李师江、阿斐、春树、水晶珠链等出生于上个世纪 70 年代和 80 年代的诗人们成为新世纪前几年中国先锋诗歌的主角。这些年轻的诗人带来的争议、刺激和狂欢般的带有强烈荷尔蒙味道的青春写作氛围，是 1989 年以来仅见的一道诗歌风景，也由此拉开了中国当代诗歌在互联网时代的帷幕。

“下半身”这个命名来自我和朵渔、李红旗的讨论中，朵渔的一次脱口而出，我和李红旗反复琢磨后，觉得这个词组正好包含了我们想表达各种诗歌美学和诗歌精神的意图。这个词组其实是由两个核心单词组成，“下”和“身”，“下”是指“形而下”、“向下”，“身”是指“身体”。

“下”，从诗意的实现美学的角度说，指的是通过具体的现实、事物和人性来承载诗意和精神，通过“形而下”来抵达“形而上”，而不是从空洞地从“形而上”到“形而上”。这一美学主张，是对 90 年代后口语诗学所强调的“在场”和“及物”的进一步强调，也是对传统的浪漫主义诗歌通过抒情，通过“诗言志”来承载诗意的进一步否定。抒情、言志作为传统的浪漫主义诗歌方式，早已因其空洞、矫情和虚伪而被现代主义文学质疑，但在农业文明根基深厚，社会主义文学阴影浓重的中国，仍然大行其道；亦是对早期中国现代主义中，通过象征和隐喻来构成诗意的一种否定。“下”，意味着一种更直接的诗意，直接面对具体的现实、事物和人性；甚至也是对现代主义在书面语系统中通过意象来承载诗意的一种否定，通过意象来承载和实现诗意依然显得过于间接，不够直接，“下”所强调的不是意象，而是实象、事象、物象和基于人性的心象，是具象中最直接的部分。通过具体的直接的“形而下”来抵达诗意的“形而上”，从而使诗意和精神变得真实、具体、准确、结实、可被把握。

“下”从诗歌精神上来说，试图体现一种“向下”的精神，这是对诸如崇高、

文化、社会学意义上的道德体系、权威、精英秩序等一切高高在上的“庞然大物”的反抗，也是对诗歌中“人性”价值的确认，以及对“真实”的确认。诗歌需要神性，但神性应该包含在人性之中，神性不应该凌驾于人性之上，真实的人性构成最真实的诗意，真实大于一切虚伪的情感。对“人性”的揭示，对“人性”题材的挖掘，其背后包含的世界观正是对“人性”的尊重。对“人性”这一题材的大规模书写，以及直接、真实的写作风格，是“下半身”诗歌对于中国当代先锋诗歌的重要开创和贡献。

“身”是指“身体”，伊沙在90年代率先在诗歌领域提出了“身体感”这一概念，后来于坚试图对这个概念加以文化性的阐释，反而南辕北辙。“身体感”的提出，正是对各种文化诗学概念化诗学的反抗，它更强调一种原初的力量、原创的力量，带有强烈的本能感。对“身体”的强调亦是对“形而下”强调的一种更直观的、更性感的表达，亦是代表着对“形而上”的各种庞然大物的反抗。“下半身诗歌”试图将“身体感”的强调，融化入他们对“人性”主题的开掘，融化入他们直接、真实和充满青春荷尔蒙气息的诗歌文本中。可以自己夸自己一下的话，在对“人性”题材的开掘方向上，在真实、直接的诗歌表达力方面，我是中国当代诗人中做得最好的。

另外，“身”还包含着对生命力和生命意志的强调，而“下半身”诗人，也确实重新将被第三代诗人中“莽汉”诗群们曾经激发过，又被他们自己弃若敝屣的带有强烈生命意志的诗学自觉地重新实现了。后来有评论家认为“下半身诗歌”是对“莽汉”诗派的承继，这个论调当然不对。但就对生命意志诗学的开掘而言，在这个美学的局部，确实具有一定的承继关系。

“下半身”这个词组，虽然初衷是由“形而下”、“向下”以及“身体感”这样的美学概念构成，但当我和朵渔、李红旗选择了“下半身”这个完整的词组，这个词组在保守的、禁欲的、被农业文明和社会主义文学萦绕的世纪初中国文学秩序中，体现出了巨大的“挑衅性”。我们其实意识到了这个词组所包含的挑衅姿态，也意识到了这个词组将给我们带来巨大的争议，我们对此感到兴奋。当这群急于冲上中国当代诗歌现场的年轻诗人找到了“下半身”这个挑衅意味浓烈的命名时，就意味着传统的诗歌美学将在互联网时代遭遇最大的冲决，而“下半身诗人”群体也将因此遭遇各种围剿和被污名化的诽谤。“下半身”这个命名的确认，也诱惑着这群年轻的，充满荷尔蒙气息的诗人，在撕开中国当代诗歌的“人性”题材区域的同时，也一把撕开了“性”这个对于上个世纪的中国人来说的“道德禁区”。在二十世纪八九十年代和新世纪初的中国，“性”作为一种题材和文学内容，在小说里的存在完全可以被中国人接受，唯独在诗歌中很难被接受，因为中国是一个有着过于悠久和伟大的诗歌传统的国家，传统的中国古典诗歌在中国人心目中的位置等同于宗教，他们甚至难以接受任何对“唯美”诗意的挑战，现代主义诗歌在中国的发展之路一直艰难曲折地存在于“地下”和“民间”，诗歌界本身和官方诗歌体系以及学院文学体系好不容易才被迫接受了口语诗的挑战，“性”成为所有人捍卫中国诗歌道德尊严的最后一块禁区。当“下半身”诗人一不小心地以某种凶猛的挑衅意味十足的姿态大规模地闯过这片禁区后，构成的贡献在于，从此，中国当代诗歌在题材上再无禁区，现在更年轻的中国诗人涉及“性”题材的诗歌已经被司空见惯；而“下半身诗人”们为此付出的代价则是，进一步将“下半身诗歌”推向了极端的被污名化，直到今天，官方文学体系和学院文学体系提起“下半身诗歌”仍然充满愤怒。甚至出现了这样一种景象，“下半身诗歌群体”中的任何一个诗人单独出现时，都被视为是新世纪重要的诗人，但“下半身诗歌”作为一个诗歌流派，至今仍在遭受诽谤和排斥。

如上文所揭示的，发生在世纪初（2000 年到 2004 年）的这场“下半身诗歌运动”，其美学追求和文学世界观可被具体描述为：以生命意志为基础，以自由和反抗为根本价值观，以一种更直接和真实的口语语言和文学态度，在现实、事物和人性的基础上构建诗意，反对构建在任何“庞然大物”基础上的诗歌写作方式，无视基于道德禁忌的题材禁区，在“人性”这一文学主题上进行深刻挖掘。

“下半身诗歌运动”的兴起，是建立在盘峰论争后，90 年代建立起来的学院诗歌铁幕被推倒，新世纪的中国诗歌呼唤新的声音和新的活力，互联网时代正在来临，诗歌发表的门槛被互联网取消，传统的秩序和标准不再有效，年轻的 70 后和 80 后诗人纷纷涌现的全新氛围上。这样的氛围与“下半身诗歌群体”所展现出来的新鲜、刺激和激进正好互相匹配。但必须更客观地看到，“下半身诗歌运动”仍然是 80 年代以来，以口语化为基本标志的，中国当代先锋诗歌发展的成果。“下半身诗歌”无论从其诗人同仁的构成，还是从他们的诗歌作品所展现的美学特点，都至少包含着这样几个方面的积累：

一是对 90 年代后口语诗歌成就的汲取和承继，特别是对后口语写作对在场感、及物感和身体感的强调。

二是对 80 年代中国早期口语诗歌运动中，建立在口语语感基础上的语言诗意的承继，并在此基础上更为凸显个人语言的生命气质。

三是对第三代诗歌运动以来，中国地下先锋诗歌的精神底色——反文化、反崇高的反抗式先锋价值观的承继。

四是对早期莽汉派诗人的荷尔蒙式生命意志诗学的重新挖掘和彰显。

五是明显吸收了西方摇滚音乐直到朋克音乐以及更多当多艺术领域的营养。这让“下半身诗歌”拥有了某种迥异于过去中国诗歌的艺术气质和当代都市气质。

事实上，中国当代先锋诗歌一直有着明显的发展线索，从第三代的 80 年代，到伊沙在 90 年代继续扛起先锋诗歌的旗帜，放大并深入了萌芽自第三代的先锋价值观，再到“下半身诗歌”在新世纪再次树立的先锋形象，这是一条完整的脉络，是现代主义诗歌在中国衍进的主线。

“下半身诗歌”既是一个完整的流派，亦是由写作特点完全不同的一群诗人组成。比较完整并典型地体现了以上所说的美学特征和世界观的，是沈浩波和尹丽川，以及在更晚的时间成长起来的出生于 80 年代的诗人春树，这三位诗人在“下半身诗歌”群体中具有更强烈的先锋意志。与尹丽川一起成为新世纪第一个十年中国最重要女诗人的巫昂，则为这种写作风格增加了幽深和神秘的女性感，甚至是某种黑暗、深沉的部分。南人则为这种风格注入了更多的戏谑、幽默和某种荒诞、快乐的因素。朵渔在下半身诗歌运动中，扮演着更为沉稳的角色，他在语言上保留了口语的直接，又增添进书面语的典雅，他并不是一个坚决的“下半身主义”者，但“下半身诗歌”的美学追求为他的写作注入了足够的生命强度，他后来更多地成为了一名真正意义上的“知识分子写作”的诗人。盛兴和李红旗拥有天才般的诗歌感觉和气质，尤其是在语言诗学的层面，“下半身诗歌”的基因令他们的诗歌比 80 年代的口语先驱们拥有更结实的身体感。马非和朱剑是伊沙在 90 年代倡导之“后口语”诗歌美学的坚定拥护者，也因此是“下半身诗歌”群体中在“口语”这一语言方式上浸淫最深的诗人，成为后口语诗歌在新世纪的发扬光大者。轩辕轼轲创造了一种奇特的诗歌景观，他的诗歌核心建立在两种超强的能力上，一是超强的狂欢式的语言繁殖能力，这令他的诗歌往往像一辆失控的火车；二是奇崛的超现实主义想象力，他这一部分的诗歌则更像一架精致的飞行器，他是新世纪中国当代诗歌中特点最鲜明的诗人之一。

尤其需要重点指出的是诗人南人，他不仅仅是“下半身诗歌运动”的核心创建者和重要诗人，更为中国诗歌的互联网时代提供了长达十年的舞台——“诗江湖”bbs。南人创建了这个 bbs，我和南人共同主持这个 bbs。在新世纪头十年，“诗江湖”就是中国先锋诗歌最重要的现场，几乎所有重要的诗歌事件都发生于此，几乎所有重要的先锋诗歌流派和诗人都曾经活跃于此。最初，“诗江湖”更像是“下半身诗歌运动”的互联网诗歌阵地，但在“盘峰论争”在 2000 年和 2001 年尚在继续的情况下，盘峰论争中“民间立场”一方的重要诗人也都将“诗江湖”作为他们在互联网时代发表诗歌和言论的阵地，尤其是于坚、伊沙、徐江、侯马、杨黎、何小竹、谢有顺等，他们与沈浩波、尹丽川、朵渔、巫昂等出生于 70 年代的诗人，以及更多的，正在涌现的出生于 80 年代的诗人一起，活跃在这个论坛。直到 2001 年，我和韩东在“诗江湖”论坛发生了一场意外的争吵，40 多位知名的诗人和作家都被卷进这场争吵，第三代诗歌中“他们”诗派和“非非”诗派的元老们（除了于坚）都站在了韩东那一边，而下半身诗歌的同仁们和 90 年代后口语写作的核心诗人如伊沙、侯马等则站在了我这一边，双方足足吵了 7 天 7 夜，最后完全变成了公开的骂街。这也是互联网时代 bbs 的一个特点，大家在同一个广场上，拥挤而嘈杂，距离太近容易擦枪走火，诗人又是热爱吵架的好斗动物，这种吵吵闹闹在“诗江湖”bbs 几乎贯穿了整整十年。正是由于这场争吵，韩东离开了“诗江湖”，带领除了于坚之外的“他们”诗派的重要成员创办了“他们”bbs，杨黎、何小竹、竖、乌青等则创办了“橡皮”bbs。从此，诗江湖论坛就成了某种意义上的孵化器，很多诗人带着自己的诗学理念来到诗江湖论坛，在这里找到更多志趣相投的诗人，形成了某种更为独立和强烈的声音，然后再创建一个完全忠实于自身诗歌理念的个人性或群体性的 bbs，比如伊沙和黄海创办的“唐”bbs，武汉诗人张执浩和小引创办的“或者”bbs，90 年代出现的一位重要的语言实验诗人余怒创办的“不解”bbs，徐江创办的“葵”bbs，广西诗人刘春创办的“扬子鳄”bbs，宋晓贤和阿斐等诗人在广州创办的“白诗歌”bbs。年轻的 80 后诗人们也希望拥有自己的舞台，西安的一群大学生诗人创建了“解放”bbs，这个群体中后来涌现了后口语的重要诗人西毒何殇和艾蒿；中国北方的一群年轻诗人创建“秦”bbs，其中的两位女诗人旋覆和鬼鬼，在 80 后一代中有比较重要的意义……但“诗江湖”因为更像一个热闹的广场，也继续成为这些不同诗歌群落和不同诗人共同的舞台。

杨黎、何小竹、吉木狼格等第三代时期“非非”诗派的代表诗人，正是在这个 bbs 时代，形成了他们在新世纪的重要诗学理念——“废话诗学”，并在更年轻的 70 后年轻诗人中，找到了这一诗学理念的完美继承者和实践者，其中比较重要的有竖和乌青。他们一起构成了一个新的诗歌流派——“废话诗歌”。“废话诗派”将80年代“非非诗派”的核心理念直接与“语言”，并且仅仅与“语言”挂钩，并进一步彻底化和极端化。杨黎试图建立一种“语言乌托邦”式的诗学，即在诗歌中取消一切价值和意义，仅仅用“语言”本身构成诗意。在此基础上，进一步取消语言的及物性，不主张语言具备明确的所指，这几乎构成了“语言的玄学”。杨黎们的“废话主义”与“后口语诗歌”和“下半身写作”一样，都建立在口语的基础上，但废话的不及物和无所指，与“后口语诗歌”及“下半身写作”所强调的及物性、身体性以及生命意志诗学产生了强烈的冲突。

在新世纪的头5年，“废话诗派”是唯一能够与“下半身诗歌”争夺年轻人的诗歌流派。一度，在诗江湖bbs上，新涌现的年轻诗人们要不就是“下半身诗歌”的拥趸，要不就是“废话诗派”的信徒。

2004年上半年，我的第一本个人诗集《心藏大恶》公开出版。这一年，“下半身诗歌”的影响力达到高峰，沈浩波、尹丽川和盛兴已经开始频繁受邀出访欧洲。《心藏大恶》作为“下半身诗歌群体”第一本公开出版的个人诗集，本来该是这个诗歌流派形成更广泛公众影响力的一个开始，不料高峰就是结局，“下半身诗歌运动”竟因为这部诗集的出版而终止。2004年夏天，我经由香港，去往东南亚和挪威，直到2004年年底才得以回国。“下半身诗歌运动”就此宣告结束，尹丽川和李红旗在其后变成了电影导演，朵渔的写作开始转向立足于知识分子道德感的“圣徒”式诗歌，巫昂、轩辕轼轲和盛兴或短或长地停笔不写，若干年后才先后复出诗坛。

“下半身诗歌运动”作为一种年轻先锋诗人的群体性集结，到2004年结束，但作为一种美学追求和先锋精神，却持续不断地推向深远。正如最早研究“下半身诗歌运动”的海外汉学家，荷兰莱顿大学教授柯雷在一次访谈中所说：“我并不认为下半身写作退潮了，如果从更大的格局来看的话。虽然这个群体不再是以下半身为旗帜的定义明晰的运动，但它从2000年开始的汹涌势头仍然意义重大。”

一方面，“下半身诗歌运动”所代表的以自由、开放、反抗为特征的先锋精神和生命意志美学逐渐成为当代中国先锋诗歌中非常重要的组成部分；另一方面，其掀起的争议以及“向下”的诗学主张，仍然在中国诗歌的互联网江湖发酵。一些新的诗歌流派打出了“崇低”、“更下”的旗号，比如“低诗歌”和“垃圾派”，试图用比“下半身诗歌”更激进的姿态，更好勇斗狠的道德挑衅和更庞大的写作人群来获得在当代诗歌中的位置。这股风潮一直延续到2010年左右，在互联网的各种诗歌bbs上，充斥着这种类似于“排泄”式的诗歌写作。当“向下”变成了一种“垃圾崇拜”，“反崇高”变成了一种对“低”的崇拜时，诗歌就完全变成了姿态和标签。事实上，无论基于什么样的美学立场，诗歌始终是心灵、精神和语言的艺术，如果说先锋意味着自由、反抗和创新的话，传统的本意则是忠实于心灵。当姿态和观念脱离了心灵，变成姿态崇拜和观念崇拜时，无论什么样的姿态和观念，都会变得和先锋诗人所反对的一切庞然大物一样面目可憎。

南人在创办“诗江湖”bbs时，其意是为北师大诗人群体提供的一个网络展示空间，2000年，随着《下半身》杂志的创刊，才打上了鲜明的“下半身”烙印。2005年以后，“诗江湖”bbs不再作为“下半身诗歌运动”的网络基地，但我和南人仍然作为版主主持着这个论坛，伊沙、徐江、侯马等90年代成名的“北师大诗群”代表诗人以及他们所代表的“后口语写作”成为“诗江湖”bbs又一鲜明的美学根基。“下半身诗歌运动”所形成的生命意志和身体写作为基础的美学态度，中国学院诗歌体系最大的反对者，自身也同样出身于著名学院的，堪称学院逆子的“北师大诗群”所坚决秉持的“民间立场”，“后口语写作”内在的口语美学探索，伊沙、沈浩波、春树等三代先锋诗人所代表的先锋意志，80后一代更年轻诗人的大面积涌现，共同构成了2005年到2009年诗江湖bbs的丰富景观。

“下半身写作运动”与萌芽于90年代，并在新世纪得到深入发展的“后口语诗歌”，都可被视为中国当代诗歌中“口语诗运动”的重要组成部分，但“后口语诗歌”更为专注和凸显于“口语”，对“口语诗歌”本身在语言、技术、口语诗内部的诗意拓展、口语诗歌的纯诗化等方面贡献巨大，如果说在90年代的时候，还只是伊沙、侯马、唐欣、徐江、贾薇、宋晓贤等诗人分别的个性化探索，而被伊沙总结归纳为“后口语诗歌”的话，那么在新世纪第一个十年的“诗江湖”bbs上，很多年轻的70后80后诗人加入进这个探索的过程，并将在下一个十年抵达口语诗美学的自足与成熟，对此我在下文中还将详细论述；而“下半身诗歌运动”则更多地采用了“口语”这一语言形式，放大了口语诗歌的在精神、心灵和生命意志层面的先锋性，实现了口语诗歌的身体感，但也正因为其首先是精神向度，而不是技术向度的，所以“下半身诗歌运动”并未在口语诗的内在口语技术上着力过多。

“后口语诗歌”和“下半身诗歌运动”在“诗江湖”bbs的各自生长与交汇融合，对中国当代先锋诗歌的发展和口语诗运动本身，都有着至今远未被厘清的重要价值。其中，伊沙虽然是90年代“后口语诗歌”的首倡与命名者，但他同时也是“身体写作”在中国诗歌中最早的提出者，其在先锋向度和口语向度上的美学探索是全方位的；而沈浩波虽然是“下半身诗歌运动”的倡导者，但同时也是“后口语诗歌”的重要践行者。在“后口语诗歌”之于“口语诗”内部的经典化技术探索方面，我以为侯马有卓越的成就，并将在新世纪的第二个十年越发体现出其口语诗技术领袖的风采。

2008年，第三代诗歌运动中的中国早期口语诗歌领袖之一，同时也是盘峰论争中“民间立场”一方重要诗人于坚，因为沈浩波在一篇文章中对他的不点名批评，以及伊沙在一首诗中对他参加中国最权威的官方文学组织中国作家协会组织的一场“文学代表大会”中的表现进行了嘲讽，在“诗江湖”论坛愤怒地宣布与伊沙、沈浩波绝交。这几乎意味着，盘峰论争所形成的三代口语诗人的结盟至此彻底断裂，新世纪的中国诗歌的口语运动与草创于80年代的早期口语诗歌（亦被称为“前口语诗歌”）渐行渐远，而几位第三代时期重要的早期口语诗领袖，在他们从90年代到新世纪的诗歌写作中，口语精神也确实越来越弱：李亚伟转向了某种依赖修辞的语言写作；韩东的语言越来越具备书面语的典雅特点，诗歌中的抒情因素和知识分子特质不断增强；于坚更是在新世纪越来越走向口语诗和先锋派的反面，变成了诗歌中的东方文化主义者，试图以民族主义的东方文化概念来图解诗歌。

“诗江湖”的10年，创造了一种自由、开放、狂欢、喧哗的诗歌气氛，这既是一种精神的开放以及自由意志的成长，也是民刊时代的“地下”精神、“民间”立场在互联网时代的延续，同时也为下文中我将要提到的，在新世纪第二个

10年，中国口语诗歌走向成熟提供了一切准备，一大批出生于70年代和80年代的年轻口语诗人将“诗江湖”作为诗艺磨炼的练兵场，他们中的佼佼者将在不久的将来站到中国当代先锋诗歌的前沿，成为新世纪的重要诗人。正因为如此，“诗江湖”bbs几乎就是新世纪头10年中国网络诗歌的代名词，几乎所有的诗人、诗歌研究者和文化现象研究者都在持续地观看着“诗江湖”上诗人们生机勃勃的表演，当然也包括他们所展示出来的令人不适的荷尔蒙、攻击性、争吵、脏话、污言秽语、战斗、绝交。“诗江湖”是一个广场，以前中国诗歌从来没有过这样一种广场，可能以后也不会再有了。这一时期以“诗江湖”诗人为代表的中国“地下”、“民间”、“先锋”诗人们，几乎将官方诗歌体系和学院诗歌体系的影响力削弱殆尽。

发端于新世纪的互联网诗歌现场都成了中国先锋诗歌最生机勃勃的现场，也是最混乱和嘈杂的现场。很多新的优秀诗人都涌现于新世纪的头10年，出生于70年代和80年代的诗人在这10年中崛起于中国诗坛。除了上面提到的诗人们，还有两位出生于70年代的诗人在这个10年里体现了他们的重要性——山东诗人宇向和辽宁诗人刘川。宇向与尹丽川、巫昂一起，成为新世纪头10年最重要的三位女诗人，她写作于这10年的诗歌，敏感、细腻、锐利，同样具有强烈的身体性；刘川则塑造了一种非常鲜明的诗歌风格，戏谑、幽默、尖锐、夸张、奇异，具备辨识度很高的文本先锋性。此外姚风、欧阳昱、唐欣、祁国、李伟、君儿、马海轶、独化、吕约、琳子、花枪（现改名为蔡根谈）、篱笆（又名江南篱笆）、老德、张羞、谭克修、莫小邪、东岳、魏风华、方闲海、魔头贝贝、管党生、巫女琴丝、鲁布革、金轲等诗人也都或短或长地在这10年的互联网诗歌现场中体现过重要性或写出过标志意义的作品。尤其是出生于50年代姚风、欧阳昱和出生于60年代初的唐欣，这几位晚熟的诗人在互联网时代体现出了远远超过他们同龄人的惊人的创造力，他们在这个10年为自己成为汉语里的最重要的诗人做好了一切准备，唐欣的《北京组诗》是这一时期中国诗歌的重要收获。

二、口语的成熟与“新世纪诗典”

科技的发展、媒体的革新，对文学尤其是诗歌传播方式有重要的影响。谁都没有想到，随着智能手机的普及，诗歌这一相对于主流社会来讲显得过于边缘的文体，在手机的自媒体上获得了意想不到的关注和欢迎，越来越多的人开始阅读和写作诗歌，社交媒体中的诗歌自媒体多如雨后春笋。而原先的基于PC端的bbs早就随着社交媒体的崛起而越发边缘化，大约在2009、2010年，包括“诗江湖”在内的各种bbs陆续宣告消亡。在新崛起的移动互联网社交媒体上，诗歌的交流同样便捷，并且不像bbs时代那样具有嘈杂喧闹的广场特性。bbs在其后期越来越成为肇事者的天堂，而很多性格内敛的诗人则在移动互联网的社交媒体上找到了属于自己的发声管道。同样，在80年代后期尤其是90年代，被地下诗歌民刊和学院体系双重挤压，已经显得边缘化的官方主流诗歌刊物，也通过移动互联网获得新的生命力，迎合了很多互联网时代的读者。诗人商震担任中国官方最权威的诗歌杂志《诗刊》的执行主编后，在移动互联网端创建的《诗刊》新媒体平台，拥有了数十万读者。无论是口语派的先锋诗歌阵营，还是学院派的修辞学写作体系，抑或是以泛抒情写作为主要特征的新世纪官方诗歌体系，在移动互联网时代，都各得其所。从盘峰论争一直蔓延到新世纪前10年的，充满硝烟的争论与驳难，似乎暂时告一段落。

2011年，伊沙收到网易微博主编、诗人欧亚（也是早期“下半身诗歌运动”的参与者）的邀请，在网易微博开设“新世纪诗典”栏目，每天向公众推荐一首中文现代诗。第一首被推荐的诗歌就是我的《玛丽的爱情》，在读者中间引发了很大的讨论。“新世纪诗典”从此成为中国先锋诗歌的最具品牌力和号召力的媒体和先锋诗歌发布平台。截止我写完本文的今天，“新世纪诗典”已经存在和发展了6年，每天推荐发表一首中文现代诗歌佳作，共推荐了786位诗人创作的2107首诗歌，蔚为大观。很多重要的诗人崛起或成熟于这个平台。新世纪重要的女性诗人如宋雨、西娃、图雅，年轻一代的诗人如苇欢、苏不归、吴雨伦、里所、闫永敏、莫渡、左右、宋壮壮、易小倩均直接崛起于这个平台，很多“诗江湖”时代崭露头角但并不成熟的诗人，也在这个平台上展现出了他们越来越成熟的写作和在新世纪诗歌中的重要性，其中的代表人物有君儿、起子、西毒何殇、三个A、马海轶、唐果、梅花驿、艾蒿、东岳、李异、邢昊、还非、王有尾、了乏、李勋阳、韩敬源、唐突等。2011年，我成为《新世纪诗典》纸质书的出版者，每年出版一本，目前已经出版了5本。

如果说以“诗江湖”为代表的bbs时代，诗人的出场和崛起不仅仅要借助自身的文本，还需要借助强烈的个性、姿态和在喧嚣广场上雄辩的言说能力的话。“新世纪诗典”每日推荐发布一首诗的方式，则令关注这个平台的诗人和读者得以用文本细读的方式，更多地关注于诗歌文本本身，这与中国当代诗歌走向语言成熟和文本内部成熟的发展态势正好吻合。从某种意义上讲，“新世纪诗典”所营造的这种细读文本的氛围，促进并展现了汉语诗歌的这种成熟。

由于“新世纪诗典”的主持人诗人伊沙本人是中国当代口语先锋诗歌的最重要的写作实践和理论推广者，因此“新世纪诗典”当然首先成了当代口语先锋诗人，尤其是年轻一代诗人聚集的平台。伊沙在主持“新世纪诗典”这一专注于优秀诗歌文本推荐、展示与交流的互联网平台之外，还与和他一起生活在西安的几位重要的口语诗人秦巴子、朱剑、黄海、西毒何殇、王有尾、艾蒿等创办了以线下诗歌活动和交流为主体的“长安诗歌节”，长安诗歌节一方面有其建立城市诗歌生态的意义，另一方面，由于其同仁都是重视口语技术的口语诗人，也进一步推进了“新世纪诗典”在当代中国口语诗运动中扮演重要角色。在这个过程中，围绕“长安诗歌节”所形成的西安口语诗人群体，围绕徐江所创办的《葵》同仁民刊所形成的天津口语诗人群体，以轩辕轼轲、东岳、了乏、张侗、铁心、天狼、岳上风等为代表的山东口语诗人群体，以三个A等为代表的广西口语诗人群体等，均体现了强劲的口语文本创造力和构建着活跃的地域诗歌生态。

至此，从上个世纪80年代早期口语诗运动的王小龙、韩东、于坚、丁当、杨黎、何小竹、李亚伟、阿吾；到上个世纪90年代后口语写作的代表诗人伊沙、徐江、侯马、唐欣、贾薇、宋晓贤、李伟；到新世纪头10年以“下半身诗歌运动”为标志的，以“身体感”和“生命诗意”为特征的一群先锋诗人，如沈浩波、尹丽川、巫昂、宇向、盛兴、南人、轩辕轼轲、祁国、马非、朱剑、李红旗、刘川、蔡根谈（花枪）、篱笆、方闲海、阿斐、春树、旋覆、莫小邪等诗人；再到新世纪第二个十年，以“新世纪诗典”为平台，以伊沙首倡的“事实的诗意”和徐江进一步极端倡导的“现代诗精神”为理论基础，新一代的口语诗人开始崛起和成熟，其中的佼佼者如西毒何殇、三个A、起子、苏不归、摆丢、艾蒿、东岳、闫永敏、莫渡、苇欢、李异、庞华、张侗、岳上风等；当然也应包括，新世纪以来，一直至今，杨黎、何小竹、吉木狼格、竖、乌青等所倡导的“废话诗歌”，近40年的写作探索，这场中国诗歌史上最重大的美学革命正在结出丰硕的成果。

完全可以这么说，这场诗歌的口语革命，令古典文学结束、现代主义文学兴起后的中国，终于拥有了这个民族自己的现代诗歌语言。2017年被中国学术界定义为“中国新诗百年”，那么，自胡适出版《尝试集》以来的这100年中，中国诗歌最大的成就就是拥有了根植于这个民族生命底部，根植于中国人日常生活的诗歌语言，现代汉语诗歌第一次拥有了自己的语言！40年说短不短，说长也不长，今天中国诗歌的口语成就也许仅仅意味着某种开始。

在新世纪近20年的口语运动中，尤其是进入第二个10年的下半场之后，当代中国口语诗歌越来越呈现出内在的丰富与诗人之间的个性差异。一些重要的美学建树和收获值得被清晰指出：

1. 口语作为中国诗歌先锋派的标志，在一些重要的口语诗人身上，这种先锋性被继续彰显和发展。伊沙、沈浩波、欧阳昱、轩辕轼轲、刘川、春树、苇欢、蔡根谈等诗人是口语先锋派里的急先锋，他们身上的先锋气质，不仅仅来自语言，更来自开放无羁的写作精神。他们是中国最敢写的一群诗人，精神开放，无所畏惧，敢于冒险。

2. 后口语写作以来，部分口语诗人在口语诗的经典化方面做出了重要探索。侯马、唐欣、秦巴子、朱剑、马非、李伟、起子、西毒何殇、三个A、艾蒿等诗人在这个向度上均提供了标志性文本。尤其是侯马和唐欣，在口语语言、口语技术和口语内部心灵诗意的开拓等向度上提供了大量优秀文本，令现代口语是具备了“探幽入微”的内在文本力量，能在生命的无声处写出雷鸣，能将最平淡的诗意凸显出令人叫绝的微妙，是口语技术运用和口语诗意建立的大师。而后起诗人中的起子、西毒何殇、艾蒿等，亦开始为当代口语诗歌的经典化，提供了不少标准化样本。

3. 伊沙对于“事实的诗意”的概括和命名，令“后口语诗歌”对于“具体”和“及物”的强调变得更加清晰。如果说“口语”是一种语言选择的话，那么“事实的诗意”这一理论的提出，则为当代口语诗歌提供了一具重要的“身体”。自古以来，诗人的努力，就是用“象”来实现“抽象”，英美现代主义诗歌中的“意象派”，就受惠于中国古典诗歌中的意象美学。“事实的诗意”的提出，在诗人们所不断强调的“意象”、“形象”、“物象”之外，又多了一个“事象”。现代诗歌的诗意凝着物将不仅仅在于“意象”，“事象”比“意象”有更充分的“具象”特点，并能包含“物象”与“形象”。理论的提出，只是诗人创作之余的经验总结，伊沙本人穷尽一切题材，穷尽写作可能的口语诗创作，其巨大的吞吐、容纳和消化能力，构成中国当代口语诗运动中的一道奇观。

4. 而沈浩波对于人性诗意和生命诗意的强调和探索则带有强烈的精神和心灵指向，为“下半身诗歌运动”所强调的“形而下”的具体感和生命力彰显的“身体感”注入了形而上的精神、立场、态度和心灵，或许可以被认为是建立在“具象”基础上的“心象”。徐江的某种抽象式的心灵书写和在现代文明语境中的驳难、直陈、对话、反抗式写作，亦具备某种带有标高意味的精神力量。侯马的写作，大量建立在人性和文明的基础上，但更倾向于微妙的心灵洞察。“下半身诗歌运动”的另一位干将轩辕轼轲，则用一种即兴色彩浓烈的，带有很大语言表演性质的形式主义书写令诗坛侧目，但其表面的形式主义却又挡不住内在的强烈生命意志，因此轩辕轼轲依然属于那种生命意志强烈的精神性诗人。刘川与祁国，则是两位荒诞色彩浓烈的个性化诗人，只不过前者的荒诞建立在奇异的想象与对当下现实的对抗、讽刺、反对的基础上，带有明显的精神感；而后者的荒诞，则更多建立在通往某种更虚无的生命体验上，心灵感更强。无论如何，当代中国口语诗歌建立在“具象”、“事象”的基础上，又被灌注入强烈的精神、立场、态度和心灵，一部分诗歌通往更经典化的口语技术主义，另一部分诗歌则更强烈地彰显着个人意志和生命体验。所有这些，构成了当代口语诗歌的成熟和丰富。重要的口语诗人们，不断为这场漫长的口语诗运动提供着新的经验、活力和可能。

5. 随着当代中国口语诗歌的进一步成熟，口语诗歌具备了《诗经》以来，中国诗歌所能具备的最大的题材处理能力。没有任何题材、任何事、任何物、任何念头想法、任何洞察判断不能入诗，没有不能实现的诗意，没有不包含诗意的瞬间。开放和自由是需要能力的，在中国几千年的诗歌史上，中国诗人第一次具备了这么强大的题材吞吐和处理能力。当中国诗人意识到，活着的每一个瞬间都拥有诗意的时候，并且进一步认识到，生命与生活本身，就是诗意诞生的最有效载体的时候，生命的过程，就是诗的过程的时候，诗歌写作就变成了诗人的日常。每天都在写作，每个瞬间都可能感受到生命和生活赐予的诗歌。诗人们并且进一步意识到，诗人的生命质量与诗歌写作之间构成了一种相互作用，生命质量越高，生命中的诗意含金量就越高，而写作能力和意识的提升，反过来又令自己的生命感觉变得更丰富敏感，从而更有质感。在这个意义上，沈浩波说，“诗歌令我成为更好的人”和“向命要诗”；伊沙说，“诗歌是活出来的”；西毒何殇说，“口语是一种世界观”。这几句话在中国当代诗人中流传广泛。

6. 口语诗歌的成熟，又令汉语诗歌的主流命题，从现代性转向当代性。口语诗歌更能容纳当代都市的现场经验，更能容纳诗人即时的生命体验，令当代汉语诗歌具备了成为中国诗人生存现场、心灵现场和生命现场的可能性。而这种当代社会的生存现场感，以及独属于当代人的现场生命感受，构成了汉语诗歌的当代性。那些无法承载当代性的诗歌，相形之下，就显得传统和陈旧。

7. 口语诗的成熟和普及，使得自古以来形成的，令中国诗歌掌握在少数文化精英手中的贵族化语言失效。无论是中国古典诗歌的士大夫语言系统，还是现代以来的学院书面语系统，语言本身即为诗歌设置了一个“语文”的门槛。而鲜活、生动的、来自火热现实生活现场的、社会各阶层使用最广泛的描述范围最广泛的日常口语则往往被视为“粗鄙”。口语诗歌运动则认为，日常口语是一种最活跃的语言，诗歌的高贵与粗鄙应取决与诗人的心灵，而决不是按照社会阶层来设置门槛。打破了社会阶层门槛的当代口语诗歌，令诗歌从少数“语文”精英的垄断中走向了某种诗歌的民主。诗人本来就应该是跨越一切社会阶层的存在，决定一个人从社会人群中脱颖而出成为诗人的，应该首先是“心灵”，而不是教科书系统所塑造的书面语“语文”能力。新世纪以来，很多优秀的诗人从社会各阶层涌现，几乎所有的社会职业中都在不断诞生新的优秀诗人；无论是一线城市，还是二三线城市，还是乡镇和偏远的农村，都在涌现新的优秀诗人。他们用新鲜生动的口语，贴着自己的生活和命运写诗。他们几乎写出了一部完整的当代中国“心灵史”，如果将这些诗歌编辑成一本《中国诗篇》的话，人们会惊讶地看到——整个中国的心跳，来自各个阶层、各个地域、各个年龄，击穿生活的现场，直达人生的底座，洞悉人性的幽微。

以上，足以完备地阐释发生在中国的这场口语革命的意义，拥有了语言，获得了身体，注入了灵魂，呈现了个性，可以处理一切题材，能令万事万物入诗。古典格律诗歌结束，自由体新诗诞生以来的 100 年，各种流派和运动层出不穷，但实际上，口语诗歌运动才是真正具备了美学发生、美学奠基、美学发展、美学成熟的美学革命全过程，同时具备了语言、身体、灵魂三要素的，带有某种民族启蒙意义的，现代诗范围内的最重要美学运动。

三、现代纯诗与新世纪抒情诗歌

我虽然是口语诗运动的重要倡导和参与者，但并不是一个唯口语主义者。事实上，我自己写作中，亦有重要的部分并非纯粹意义上的口语，对于意象、修辞等常规的书面语诗歌手段多有涉及。我对口语诗运动过程中出现的一些新的倾向亦有疑虑和质疑。

一是，口语诗运动中的偏重技术，偏重口语经典化的一支，正在形成某种更坚决的“纯诗主义”倾向。

当代中国诗歌的发展历程，大抵就是一个不断“纯诗化”的过程。第三代诗人对朦胧诗一代的质疑，以及提出韩东提出“诗到语言为止”，于坚提出的“拒绝隐喻”，乃至非非主义的“反抒情”、“反文化”、“反崇高”，再至杨黎、何小竹以“废话主义”为旗帜的语言乌托邦，以及学院派诗人对于词语和修辞的极端强调，其实也都走在一条“纯诗化”的道路上。80 年代纯诗化写作的开始，在更大范围内是建立在语言诗学基础上，即用纯粹于语言本身的态度来反对诗歌的抒情功能和其他社会功能。

随着新世纪以来口语诗歌在语言和技术上的成熟，口语纯诗与书面语纯诗（意象纯诗）相比，具有更为幽微而深刻的迷人魅力，且更能实现当代性和通往后现代主义。也因此，越来越多的年轻诗人开始以“纯诗”的标准来要求自我和同行。这当然是当代中国诗歌在观念上的进步，使得诗歌不再承担额外的社会、文化、政治功能，不再试图通过对任何庞然大物的依附，通过对任何人类集体情感的应和来“打动读者”，诗歌的写作不是为了实现“意义”，更不是依赖读者对诗歌所实现的“意义”的解读来达到诗歌的效果，而是纯粹于微妙的内在“诗意”，选择以心灵智性、心灵洞察力和敏感度为基础的“诗意”和“诗性”，而非“揭示意义”和“抒发感情”，让纯粹的诗歌本身展现内在的迷人美学，让“诗”本身而不是其他动机和目的成为写作的核心。这使得诗歌从观念上来说更为高级，进一步成为某种专业性更强的文体，也越来越形成了只有少数优秀诗人自身才能成为合格读者的现实。这确实祛除了诗歌写作中很多“非诗”因素，明确并凸出了什么才是“诗”这一终极命题。

“纯诗”是诗歌现代性的内在体现，或者可以将命名为“现代纯诗”。

现代纯诗在中国的发展，其实一直有两条主要线索。一条是口语诗运动中的当代中国口语诗歌，尤其是新世纪以来的口语诗歌，终于大规模地抵达了“现代纯诗”，其成熟的标志在于，不再像80年代的早期口语诗歌（或被称为“前口语”），更多地将诗意建立在语言本身所形成的语感效果上，而是如上文所说的，不仅拥有了语言，还获得了身体，注入了灵魂，实现了个性；另一条线索是，沿着欧美现代主义诗歌已经被验证过的现代性美学，尤其是从“意象”诗学（从20世纪早期庞德等英语诗人树立的“意象派”，到詹姆斯·赖特，勃莱等诗人倡导的“深度意象诗”，乃至像法语诗歌中博纳富瓦的用现代性美学改造此前的象征主义的美学表现，其实依然在“深度意象诗”的范围内，再至中国当代诗人更为熟悉的特朗斯特罗姆，意象诗学的发展是一条非常重要的现代性诗学线索，用“意象”来成为诗意的凝著物，让诗性显形和形成超现实的通感，反对抽象的抒情、空洞的言说和功能性地解释意义）中汲取经验的写作方向。

可以将这一美学系统的写作称为“意象纯诗”，1983年，接触到特朗斯特罗姆后的北岛，可能是当代以来，中国大陆第一位走向“意象纯诗”的诗人，在此之前的北岛和整个朦胧诗体系，其实都在写作一种抒情诗歌或象征主义抒情诗歌，现代性贫弱。朦胧诗的另一位在当时略显边缘，但后来证明其写作的实际重要性远远高于同代人，并且在新世纪显得越发重要的诗人严力，也是从很早就进入现代意象纯诗的写作体系，并以超现实的语言智性形成了鲜明的个人风格，他在当时之所以没有显示出重要性，恰恰是因为他的诗歌很早就抑制了抒情和意义，在朦胧诗一代普遍以抒情或象征性抒情为特点的风潮中，显得有点超前。80年代中后期第三代诗歌运动，口语诗逐渐成为现代纯诗的主流，除了孟浪等少数意象诗歌的写作者外，意象纯诗在这一阶段被淹没在第三代运动的口语潮流中。此后的“意象纯诗”在中国书面语诗歌系统中的发展，非常奇怪地偏向了某种带有语言实验性的，以“词语”和“修辞”为写作特点的学院修辞学写作，从意象纯诗转向了其实更带有语言诗学特征的“修辞诗意”，虽然仍然在现代纯诗的写作轨道上，但语言大于内在的心灵感，导致诗性减弱，语文化的组词造句式写作占据了上风，诗歌变成了一种修辞的学问，而纯正的“意象纯诗”越发式微。

这种从根本上来说建立在语言诗学基础上的诗意实现方式，其实与80年代早期口语诗异曲同工，只不过，一者依赖修辞，一者依赖语感。“意象纯诗”的式微，在我看来，除了建立在80年代以来“诗到语言为止”的语言诗学大环境基础上外，还有一个非常重要的原因：意象诗的语言载体往往是书面语，而书面语同样也是传统抒情诗歌和象征主义抒情诗歌的语言载体，中国是一个农业文明积淀过于深重的古老国家，即使是时代已经发展到移动互联网时代，中国人内心中普遍的文明意识依然大规模停留在农业文明阶段，对抒情的偏好使得大部分从意象出发的诗人，迅速地滑向了抒情。也可能还有另外一个原因：意象纯诗需要更冷峻、深沉、复杂的心灵，而这，好像是中国人天生缺乏的，中国的意象派们又没有足够的耐心和意志去建筑这种心灵人格。这么说可能会更为清晰：口语纯诗对应的是后现代主义，意象纯诗对应的标准的现代主义，而带有象征主义特点的抒情诗更多对应于前现代主义。

新世纪以来，即使在学院修辞写作体系内，也没有出现新的重要诗人。虽然中国一些具有诗歌传统的著名大学里的年轻诗人们（尤其以北京大学、清华大学、复旦大学、同济大学等为代表），仍然普遍在用这种方式写作，但很少有人能写出新意。在我看来，作为“意象纯诗”分支，或者说是“意象纯诗”分支进入高校象牙塔后变种的修辞学写作，本身在美学上因过于狭窄而缺乏进一步发展的通路。最能展示出重要性的，仍然是几位出生于60年代的，成名于上个世纪八九十年代的诗人，其中最杰出的代表是已经因病去世的第三代诗人张枣和供职于北京大学的臧棣，此外，桑克、周瓒、姜涛、胡续东、韩博、蒋浩等也是其中的代表性诗人。张枣的诗歌发展大致经历了抒情诗、意象纯诗和修辞化的意象纯诗三个阶段，在新世纪的头几年，张枣在进一步沉迷于他在意象纯诗基础上的修辞实验，展示了他奇妙的词语想象力和修辞想象力，他试图构建更复杂的以词语、意象、修辞为基础的诗歌结构，以达到一种更深刻的语言效果，但我个人还是更偏爱张枣前期和中期建立在情感和心灵基础上的抒情诗和意象诗。而臧棣则创造了一种日常修辞学的诗歌体式，后现代特征明显，他创作了大量的即兴式的诗歌，用自己的语言系统来描述日常生活中的一切，并将一切语言化，呈现出事物被语言化之后另一重效果。值得一提的是，以臧棣为代表的学院修辞派诗人，虽然在90年代同样被容纳进“知识分子写作”的阵容，但与王家新、西川等抒情特征明显的“知识分子写作”诗人相比，其实更接近现代纯诗范畴，而“知识分子写作”从命名本身就可清晰看出，具有明显的“反纯诗”特征。

另一些经历过书面语抒情诗、意象纯诗、意象纯诗修辞化路径的诗人，由于更强烈地受到后现代主义美学的感召，以及对意象纯诗和学院修辞诗歌等书面语诗歌系统无法展现足够的当代性的焦虑，进入新世纪以后，开始走上了一条也许可以被称之为“杂语化诗歌”的尝试之路。即在诗歌语言中大量加入各种具备当代社会属性、当代媒体属性的传媒语言元素（也包括各种杂糅进的陌生化语言元素，当然更包括书面语和口语的杂糅），加入一些直接的甚至是口语化的面对当代生活言说与直陈，其中典型的诗人是西川和孙文波，也包括局部的陈东东和柏桦（这两位诗人更多地着力在语言层面）。但这其实只是让诗歌容纳进了一些当代元素和当代特征，体现出一种表面的后现代美学，仍然缺乏内在的，更有生命力的当代性。并且这种写作付出了巨大的伤害纯诗性的代价，或者说，其本质就是“反纯诗”的，是以“不纯”为代价，以一种由内到外的芜杂，来强行实现当代性，有点倒洗脚水倒掉了孩子的感觉。而不是那种有效地将“不纯”消化进纯诗的内在探索，更不是对纯诗本身美学容量进行不断拓展的美学尝试。齐白石在谈论中国画时，有一句话，用在这种“杂语诗”的尝试上，也很合适：太似为媚俗，不似为欺世。诗如果写得太像诗了，太像传统意义上或大众肤浅理解意义上的诗的话，是媚俗；但太不像诗，太芜杂，太杂语诗化，就有可能完全丧失基于心灵的内在诗性。“欺世”这个词太严重，我能理解书面语体系中滋生出来的这种“杂语诗歌”写作潮流，的确是基于对诗歌创作本身的某种内在焦虑，也尊重他们的艺术尝试，但其效果很可能是南辕北辙。臧棣的诗歌中，也试图容纳进大量的杂语，尤其是现代学院里的各种学术性术语，但控制得比较有效，这些“杂语”只是其语言修辞学的一种组成部分，而不是目的。

同时，另一个迹象是，更为纯正和宽阔的“现代纯诗”，在新世纪一些年轻诗人的创作中，出现了某种复兴的迹象，70 年代出生的诗人李宏伟、80 年代出生的诗人里所等，其写作中都体现出了这一特点，但与此前的现代纯诗诗人相比，他们的写作语言变得更为灵活，容纳进了更多口语特征和基于事实而并非完全基于语言的内在诗意，这种紧密围绕内在的诗意核心的容纳，就显得更加自然和得体，并非是生硬地为了杂糅而杂糅，这使得他们的诗歌既具备了更能被辨识的心灵感，也具备了当代性的可能。而在一些口语特征明显或者说往往被认为是口语诗人的年轻诗人中，也出现了容纳进意象特征，并且因此而充分获得语言个性与个人气质的写作方式，比如出生于 80 年代的诗人旋覆和苇欢。纯正意象诗歌的复兴以及口语和意象的交融，可能将越来越成为新世纪中国诗歌的一种现象。

即便我如此清晰地揭示出“现代纯诗”的重要性，但我依然对将“纯诗”的意义绝对化保留疑虑。当“纯诗”变成一个非此即彼的真理式判断标准时，我就一定会质疑。我同意对抒情的限制和尽可能的压缩，但这一定不应该是绝对的，一定有一些足够尖锐、诚实和强大的情感，哪怕采用传统抒情诗的方式，其情感本身的迷人亦足以令诗歌散发另外的光芒；一定有一些站在文明高度上的追问和思辨值得用诗歌这一文体来承载；一定有一些对现实社会的批判和洞察构成批判和洞察的诗意。而所有这些都不是简单的“纯诗”论所能概括和穷尽。美学的发展永远是辨证的，任何美学思潮成为某种意义上的主流之后，都应该注意其绝对立场所带来的偏见和偏狭。很多时候，美学的惊喜并不来自顺理成章的发展，而是来自意外。先锋与传统，永远是既对立而又在互相汲取。站在一个更高级的立场来说，“纯诗”的文本本身是否有容纳进更多“不纯”的胃口和消化能力，以“纯诗”的现代美学精神来容纳进更庞杂丰富的“不纯”，甚至容纳进意义，容纳进情感，但最后仍然抵达“纯诗”的效果和境界，并让纯诗变得更自由、开放、生动、先锋，裹挟进泥沙和风暴，对很多以现代纯诗为追求的诗人来说，也是一个考验。

同样的原因，我对口语诗运动发展到今天的另一个绝对倾向，或可称为“口语原教旨主义”，亦持质疑态度。当代一些重要的口语诗人，纷纷采用一种更为彻底的日常化口语，并将这种口语形态，称之为“纯口语”，并进而将这种纯然的，彻底的口语语言，视为唯一先进的诗歌语言。而在当代中国诗歌中，除了标准的书面语修辞写作和纯口语写作，更多的诗人所采用的语言形式往往处于这两者的中间状态，带有书面语特点的口语和偏口语化的书面语。在我看来，不同的语言形态，在杰出的诗人那里，能展示出不同的美学效果，承担不同的美学责任，具有不同向度的有效性。我对口语诗的提倡和践行，当然是因为其更符合我本人对诗歌的理解，尤其是，我以为口语，尤其是纯口语，到目前为止，最能承担诗人自由、反抗与创新之先锋精神，而这正是我的追求。但我依然不喜欢将口语或者纯口语绝对化、唯一化、标准化。我以为这反而与自由与创新的精神背道而驰。比如说，不是已经有足够多的优秀诗歌文本，显现出口语容纳进意象后所呈现的魅力了吗？

基于我对上述几种绝对化倾向的质疑，站在更客观的生态现场来考察新世纪当代中国诗歌的生长，还有一些重要的诗歌现象和美学变化值得被高度重视。

一是，重要的女性诗人越来越多，并且这些重要的女性诗人一旦出现，其精神气质比起男性诗人往往更为凌厉，文本辨识度也往往更高。我并不太喜欢“女性诗歌”这一概念，这一概念的诞生和存在，本来就更意味着男性诗歌的主导地位。但事情正在发生变化。如果说，新世纪以前，每个历史阶段，只有极少的女诗人显示出其重要性的话，那么新世纪以来，不同年龄段的杰出女诗人如井喷般涌现，各具特点，精彩纷呈。王小妮、小安、娜夜、蓝蓝、尹丽川、巫昂、宇向、吕约、君儿、琳子、唐果、西娃、旋覆、春树、鬼鬼、莫小邪、李成恩、宋雨、从容、安琪、图雅、湘莲子、里所、苇欢、闫永敏、冯娜、易小倩、玉珍都是在新世纪有重要表现的诗人。其中，既有在某一阶段体现出极强先锋性的女诗人如尹丽川、宇向、巫昂、春树、旋覆，也有先锋指数虽然不高，但情感浓度、精神纯度和写作重要性尤为突出的诗人如王小妮、西娃、君儿、宋雨。王小妮是从朦胧诗时代一直到新世纪，始终保持着旺盛创造力和文本重要性的杰出诗人，其内敛、强硬、深沉的抒情质地，令她成为很多人心目中中国最好的抒情诗人之一，虽然她本人并不认为自己是一个抒情诗人，但其诗歌中的抒情性确实大于现代性，我认为这并未损害其在新世纪诗歌中的重要性。西娃在本质上也是一位抒情诗人，但其诗歌并不缺乏现代性，她诗歌中的宗教感和生命意志，口语、意象、抒情，混杂成了一种奇异的文本质地，真挚、浓烈、神秘、浑浊，她在用一种非常强大的姿态进行写作，用情深、着力大，硬碰硬地往心灵的深处写。西娃与君儿、宋雨、从容都是新世纪涌现出来的，首先以抒情诗人的形象引人注目的女诗人，她们的抒情特征和题材范畴各不一样，均拥有很强的个人辨识度，也都是心灵感和精神性强大的诗人。其中西娃、君儿和宋雨显然充分意识到了抒情性与现代性之间的冲突与矛盾，她们正在走向一种更深刻的，现代性更强的抒情方式，或者干脆走上了口语诗歌的先锋之路，她们是新世纪第二个10年到目前为止写作成熟度最高，也是最重要的三位女诗人。

不仅仅是女诗人，整个中国诗歌，在纯口语写作和学院书面语修辞写作之间的广阔地带内，带有一定现代性的抒情诗仍然是中国诗人的主流写作方式。与上个世纪流行的那种传统的土得掉渣的乡村抒情和情感粗糙嗓门却很大的社会主义抒情诗歌相比，互联网时代的中国诗人，抒情的方式也开始多元起来，现代性程度和口语化程度也都在不断加大。另外，如我在上文中所提及的，中国官方文学期刊，尤其是诗歌刊物，在互联网时代重新找到了立足的读者根基，由于官方期刊必然的保守风格和意识形态下的安全边界所注定，先锋性强烈的口语诗歌和晦涩难懂的书面语修辞写作都不可能被其真正接纳，但它们也必须跟上时代的进步脚步，体现出部分能被接受的现代文学性来，因此，这种带有一定现代主义因素的新世纪抒情诗歌便成为官方刊物的首选和宠儿。很多官方诗歌刊物的编辑自身也是诗人，也大都写作这种抒情主义的诗歌。而且抒情诗歌也确实容易被更广泛的读者接受。《诗刊》杂志成功推出的女诗人余秀华，就是一则典型的案例。

在抒情诗向度上，只有现代性越强，情感纯度和真挚度越高，精神性越强，生命意志越强的诗人，才有机会成为真正重要的诗人。在新世纪的第二个10年，一位出生于60年代前期，在上个世纪的写作并不成功的资深诗人脱颖而出。身患重病的潘洗尘一跃而成为中国当代最重要的抒情诗人之一。我认为潘洗尘和西娃是新世纪以来中国最好的两位抒情诗人。他们都拥有更现代的抒情写作意识，拥有很高的情感真挚度、浓度、纯度，也都呈现出明显的口语写作特征，尤其是，都能直指生命的内核。尤其是潘洗尘，他的每一首杰作都像是命运对他的褒奖，并且越写越自由，越写越开放，他甚至将抒情诗写出了先锋感。值得注意的是，80 年代语言纯诗的开创者，早期口语诗歌的领袖韩东，其在新世纪诗歌中的抒情比重越来越大。韩东的诗歌其实在 80 年代和 90 年代，本来有两条美学线索，一条是纯诗倾向明显的，以语言本身构造和实现诗意的口语纯诗，但令一条脉络则让他获得了更多读者，他的一些重要作品深具抒情特点。这两条脉络的并存，令他既成为 80 年代中国先锋诗歌的领袖，又同时获得了先锋派之外更多读者的认可。进入新世纪以来，其“语言诗学”的特征仍然明显，但开始开始更加放大内心中抒情的一面，并更加追求一种优美、温和、润泽的典雅语言效果，语言上也越来越倾向于意象特征明显的书面语。韩东在新世纪的抒情诗歌这一向度上，依然可以称得上是最好的抒情诗人。与韩东这种语言诗学和抒情相结合，构成优美、温和、内敛抒情风格的，还有武汉诗人张执浩，在新世纪同样收到较大关注。另外，在 90 年代和新世纪头 10 年，以建立在奇诡意象基础上的语言实验著称的，并且创建了“不解”诗派的语言先锋诗人余怒，在新世纪的第二个十年，诗歌中的抒情含量也在大幅度提高。

在“新世纪抒情诗歌”范围内，还出现了某种带有明确“主题抒情”特点的写作，比如诗人雷平阳以其故乡中国边陲省份云南为主题的写作，他试图向尚未被现代文明完全蚕食的边缘生态，向被称之为“蛮荒”的原住民的文明深处拓进，用诗歌记录下这种吞噬、蚕食、对抗与死亡，呈现出一种哀歌与挽歌式的抒情。从某种程度而言，雷平阳的社会性程度较大的写作，恰好是“反纯诗”的。再比如彝族诗人吉狄马加的民族题材写作，抒情性非常浓烈。中国的少数民族诗人往往更停留在传统抒情诗的写作范式中，藏族诗人德乾恒美、卓仓果羌也是现代抒情诗写作中的佼佼者，其中卓仓果羌更接近现代纯诗的写作，并开始转向先锋性更强的口语纯诗。近年来，新疆的一批用维吾尔语写作的维吾尔族诗人，他们的诗歌开始越来越多地被翻译成汉语，引起了汉语诗人的关注，这些维吾尔族诗人中的佼佼者们也同样是以传统的抒情诗写作为美学根基。相较于汉族的新抒情诗歌写作者而言，少数民族的抒情诗人们情感更加炽热和尖锐，但内在的现代性则更弱。

同样以这种“非纯诗”的主题抒情，在新世纪获得更大关注的，是被称为“打工诗人”的群体所创作的“打工诗歌”。这些诗人都是有过在工厂、工地打工（以农民工为主）的经历，并通过对打工经历的控诉式抒情诗获得关注。由于“打工诗歌”强烈的社会属性、现实属性和话题性，很容易被知识分子、媒体和欧美的中国社会研究者们纳入到自己的解读体系，获得了“被解读”的文本传播力。广东女诗人郑小琼一度是这个群体中影响力最大的诗人；2014 年跳楼自杀的年轻诗人许立志，去世后其诗歌开始被广泛流传。以许立志为例，无论是持“纯诗”立场的口语先锋派，还是热爱抒情的更广泛的知识群体和诗人，对他的评价都比较高。这是因为出生于上个世纪 90 年代的许立志，其诗歌写作正处在一个迅速的成长阶段，正在从一个抒情诗人向真正的现代性诗人蜕变。持“纯诗”立场的口语先锋派们已经读到了许立志的几首写得非常现代，祛除了“非纯诗”抒情因素的杰作，这些作品从诗歌本身来说显然更为高级，代表作如《悬疑小说》。但像《悬疑小说》这样高级的纯诗杰作，并不能得到更多的流传。那些对诗歌内在美学认识较为浅薄的社会现象研究者、媒体人和学院里的文学批评家、诗歌研究者们，更多地还是在解读和流传许立志那些写得并不高级的“打工抒情诗”，这些诗歌靠其社会性、主题性、控诉式抒情获得了传播。但无论如何，许立志之所以能从众多打工诗人中脱颖而出，获得越来越高的评价，依然是因为其诗歌，哪怕是“打工抒情诗”，其中的现代性含量也比其他打工诗人更高，更经得起时间的考验。

具备一定现代主义特征的抒情诗，与现代纯诗相比，其根本的差异在于诗性与诗意的实现方式。现代纯诗的实现方式是语言和心灵，抒情诗的实现方式则是通过情绪、情感甚至情怀。心灵和情感不是一回事，心灵更内在，更客观化，在诗歌中往往体现为心灵智性、心灵洞察力和心灵敏感，是心动、感受、发现、洞察、创造。或者说，语言敏感和心灵敏感共同构成诗性的根本，其中“心灵敏感”更为根本，口语纯诗中所重视的“事实的诗意”正是或者说必须建立在“心灵敏感”的基础上。而情绪和情感，固然是建立在心灵基础上的，属于心灵敏感的一种体现形式，但与内在的心灵敏感相比，却更外化、更夸大、更主观、更缺乏微妙。所以，纯诗强调内在的诗性，而抒情诗则更外在，更依靠“以情感人”的情感号召。从观念上看，现代纯诗更为高级。但具体到写作实践，却不能完全绝对地以观念的高低来评价诗歌成就。杰出的抒情诗歌，往往因其真挚、锐利、浓烈、深沉、疼痛等品质而具备生命含量。高级的抒情诗，必须具备精神和情感的现代性，如果没有这一点，那就缺乏了现代诗歌美学的一切根基。

一些杰出的当代抒情诗人，比如西娃、君儿、宋雨、马海轶等，也正在越来越自觉地转向现代纯诗的创作，这种转向，意味着诗性基础的改变，一定十分艰难，但一旦内化成功，有可能获得更大的写作优势，即她们有能力让更丰富更复杂的生命体验和人生体验纯化为诗，将情感内化为更敏感的心灵。我们永远不能低估现代诗歌中情感的力量，只不过，情感也需要现代化，需要更现代的情感，并将这样的情感内化入诗，而不是抒发成诗，这样的抒情诗，其实已经同样具备了现代纯诗的那种更高级的艺术效果，同时又有着内在动人的情感力量。在这个意义上，现代抒情与现代纯诗的边界将会取消，现代抒情诗也将成为现代纯诗的一个重要组成部分，或可称之为“抒情纯诗”。而一些以口语技术和口语智性为根基的口语纯诗写作者，也应该意识到，如何完善自己的语言敏感、扩展自己的生命感受，丰富诗歌的内在心灵空间，而不是自恃观念高人一等。只有观念，而缺乏内在的生命质量、心灵层次和复杂性的话，容易陷入单调、干燥和另一种意义上的粗糙，尤其是，不能将心灵、心智、智性导向唯智和炫智，那将失去“心”。

在新世纪抒情诗歌的这一特别广阔的范围内，被关注较多代表性诗人还有娜夜、蓝蓝、李南、商震、树才、杨键、沈苇、周瑟瑟、独化、唐果、陈先发、谷禾、谭克修、朱零、蒋雪峰、明迪、廖伟棠、东荡子（因病去世）等。

最后，我想谈及当代抒情诗歌中的一个重要的写作方向，即真正意义上的“知识分子写作”，或者说是带有强烈知识分子心灵特质的抒情诗歌，这是一种精神性抒情。比如我在上文中提到韩东诗歌在新世纪的抒情化，他的这种抒情化其实还具备了某种清晰的知识分子心灵特征，追求心灵的纯净与崇高，向往某种圣徒式的灵魂。

与“盘峰论争”中自我命名为“知识分子写作”的那些诗人相比，我以为，新世纪以来至今，真正的知识分子写作也才开始成熟。所谓“知识分子写作”，必然首先是精神与心灵层面的，而不是知识层面、技术层面和姿态层面的。追求知识分子式的心灵纯净感或崇高感，站在文明与良知的立场上追问和思辨，追求光明、救赎与正义，洞察邪恶，反省灵魂，体现气节，烛照人性，凡是以上等等，方可被称为真正的建立在知识分子心灵基础上的诗歌写作，这也一直是诗歌这一文体愿意主动承担的一种写作价值。但对于诗歌而言，如何使得诗歌不至于沦为某种社会层面意义上，知识分子的工具和武器，而是恪守诗歌本身的律令，内化为一种遵循诗歌美学的精神性文本，是衡量这种“知识分子”性写作是否具备足够文学性的的底线标准。

我愿意将新世纪以来这种带有明显知识分子精神抒情特征的诗歌，称之为“新知识分子写作”。任洪渊、黄灿然、朵渔以及部分的姚风，都是其中的重要代表。事实上，我在上文中放在先锋诗歌序列和口语诗歌序列中重点提及的诗人徐江，也同样是非常重要的“知识分子写作”诗人。

出生于50年代，偏居于澳门的姚风，直到新世纪才开始显示出其写作的重要性，并在新世纪的第二个10年，越发成为中国当代诗歌中成就较为突出的诗人。他的一些重要作品均站在人类文明的根本立场上，站在文明一边，表达对文明的亲近与渴望，对反文明的质疑与抗拒，是姚风诗歌中重要的主题。他写出了作为一个中国人与现代文明碰撞时的荒诞与隐痛。当然，与其诗歌中的知识分子性相平衡的，是姚风的语言和控制力使其诗歌更具有内在的纯诗特性，甚至其现代纯诗性更大于其知识分子心灵抒情；而长期居住在香港，近几年才搬回中国内地的诗人黄灿然，则在诗歌中展现出某种知识分子式的崇高与洁净的心灵感，这与韩东颇为相似；作为“下半身诗歌运动”发起诗人之一的朵渔，在“下半身诗歌运动”结束后，转向了一种“形而上”式的诗歌写作，其诗歌中的道德感，与现实黑暗的对抗感，以及对崇高价值的追寻，均带有鲜明的知识分子书写特质。

诗人徐江往往并不被视为典型的“知识分子写作”式诗人，甚至在很多时候，他被视为这种写作的对立者。这与他作为中国当代先锋诗歌现代性的重要鼓吹者，以及在中国的口语诗运动中扮演的重要角色有关。通常人们更愿意将他与伊沙、侯马放在一起进行讨论。这从某种程度上遮蔽了徐江的独特性。在我看来，徐江是一个真正的“知识分子写作”式的诗人，对良知的秉持、对崇高的憧憬、对文明价值的追问和探寻，均是其诗歌写作的基本底色。只不过，他并不站在任何已被确定的集体价值观上来展示这一切，而是更个人化，更带有后现代主义的怀疑与解构特点。令研究者难以对其进行归纳。他是中国当代诗歌中的一个异类，他在试图让个人心灵、抒情性、口语、现代理性经验、人类文明价值在诗歌中得到共生。

我想特别重点地提到出生于上个世纪30年代的任洪渊，今年已经80岁了。在退休前，他一直任教于北京师范大学中文系，伊沙、徐江、侯马、桑克、宋晓贤、朵渔、南人、沈浩波等当代重要诗人都是他的学生，这是一个伟大的奇迹。他在新世纪创作了几组非常重要的涉及历史与文明的史诗性力作，其中《1967：我悲怆地望着我们这一代人》《1972：黄昏未名湖》是自上个世纪中国的“文化大革命”以来，中国诗人第一次用如此强硬的内心姿态来撞击“文革”这个在今天几乎已快被遗忘的重大题材。可悲的是，40年来，中国诗人并未为这一场中国人的灵魂灾难贡献出足以匹配的重大杰作。新世纪以来，朦胧诗一代的诗人严力重新对这一题材发起了进攻，并屡有名作。但我以为，就诗歌内在所抵达灵魂深度，以及精神之严峻深沉凛冽而言，直到任洪渊的这两首诗，尤其是《1967：我悲怆地望着我们这一代人》，才真正算是有一位重要的诗人用“正面强攻”的姿态填补了这个空白，提供了匹配的文本。这是两首带有史诗性质的心灵悲歌，但任洪渊先生又没有将笔力停留在悲歌的阶段，而是试图进入更深邃的沉思、追问与求索。任洪渊是真正的知识分子诗人，他不是那种概念和主义里的“知识分子诗人”，不炮制说法和概念，不巧言令色、大言欺世，他依赖的是心之至诚、思之至深、诗之至强硬，他因此才会为自己，也为一代人在《1967：我悲怆地望着我们这一代人》中留下了这么一副悲怆的自画像：一座低首、折腰、跪膝的遗像。唯有将这低首、折腰、跪膝的形象深深地刻在心中，并以此为永恒之罪，才能构成救赎之光。

2017年1月8日

Chinese 汉诗 Poetry

敬文东专栏

JING WENDONG's Column

从万古愁说起——诗与颓废研究之一

从万古愁说起

——诗与颓废研究之一

敬文东

和血统不纯，却自称“纯种”的希腊文化相比[1]，华夏文明虽非早产，却过于早熟，口腔期和肛门期都较为短暂[2]。据信，华夏子民同神灵了结关系的事件（亦即天人分际而非天人合一），就发生在更为古远、浩渺的时刻[3]。华夏民人因此过早成为神灵的弃儿，恰若古谣谚所言：“日出而作，日入而息……帝力于我何有哉！”（无名氏：《击壤歌》）[4]倔犟的呼声中暗含着的，却是委屈和不甘，不是通常被认为的自由自在，或雅好“无为”的垂裳而治。呼喊者是超验之物（或彼岸世界）有意制造的弃儿或孤儿。他们被过早投入了自主、自决、自治的境地，宛若翟永明缅怀早逝的母亲时轻微的抱怨[5]：

> 你让我生下来……
> 这世界有了孤儿
> （翟永明：《女人·母亲》）

[1] 参阅马丁·贝尔纳：《黑色雅典娜》，郝田虎等译，吉林出版集团有限责任公司，2011年，第35-80页。

[2] 有人认为华夏文明来自印度，或者深受印度的影响（参阅徐达斯：《文明的基因》，东方出版社，2015年，第463-526页；参阅梅维恒：《内陆欧亚研究文选》，兰州大学出版社，2014年，第40-64页），对这个过于复杂且大有争议的问题，此处不予置评。

[3] 参阅《国语·楚语下》、《帝王世纪》、蔡沈：《书经集传》等相关文献的记载。希腊－罗马文化圈则长期以来团结在彼岸或神的周围，正如米什莱所说，西方世界结束“自然神崇拜”，要晚至“基督教大获全胜之前不久”；而这种境况之所以成立却必须以如下情形为前提：“神祇们消失，上帝继续存在；神祇越是凋零，上帝越发强大。”（米什莱：《女巫》，张颖绮译，电子工业出版社，2014年，第3页、第228页）

[4] 李零：《中国方术续考》，中华书局，2006年，第5-13页。

[5] 母亲过早过世给翟氏的诗歌写作带来的影响请参阅钟鸣：《翟永明的诗哀和獭祭》，《收获》2015年第2期。

从不知其名姓的古远时代起，华夏人民就被解除了一切形式的彼岸，仅余唯一一个此岸世界，宛若不可测度的宿命。他们被迫另起炉灶，自立门户，被逼着成为“自己所在单位的领导”（李亚伟：《硬汉们》）。从此，他们与超越的观念渐行渐远，倾向于和醉心于凡间人世；诗歌更多是“诗人对生活于其中的世界的直接反应”[6]。或许，这等令人不安的情形能够表明：一种早熟的文化，一种过早就没有神灵“罩着”或“轧起”[7]的文明，能在何种程度上，给存身于陶渊明所谓“逆旅之馆”[8]的匆匆过客捎去何种心理上的严重症候；也将在何种程度上，冲击着过客们脆弱、敏感、满含期待的心理，亦即今人赵野所谓“宿命的一角”（赵野：《往日·1980》）。对此，高春林有过诚实并且质朴地供认：

> 夜读《幽兰操》，在先人的喟叹里
> 找到我悲伤的症结。好像生命在暗示：
> 别矫情，别责怪习习俗风，
> 世界本来多病，我们无理由筑乌托邦之城。
> （高春林：《幽兰》）

和诸种古老的文明相较，汉文化过早洞悉了尘世的真相（或者它自以为洞悉的就是真相），只愿在此岸世界展开凡俗的人生，不相信天堂或永恒，乐于接受“拯救是徒劳”（西川：《杜甫》）这个显而易见的无神论事实。它更倾向于承认：“一切都是命运/一切都是烟云。”（北岛：《一切》）看起来，服输、认命才是首先要做的心理功课；所有形式的抗争都显得徒劳而惘然，只因为“相对于时光，我们早已不战自败；但如果愿赌服输，那一切还有什么好说的呢”[9]？弃儿或孤儿们对此早有体察：唯有与人长相厮守的此岸世界是真实的，虽然对人而言，它很可能是毫无意义却又是有趣

[6] Pauline Yu,The Reading of Imagery in the Chinese Poetic Tradition,Prinoeton University Press,1987,p.35.
[7] “罩着”是北京方言，“轧起”是四川方言，都是给某某撑腰或成为某某之依靠的意思。
[8] 陶渊明：《自祭文》。
[9] 敬文东：《轻盈的诗歌写作》，《名作欣赏》2015 年第 6 期。

的。环绕和装饰这个世界的时间神秘、绵长，不见其首尾；属于人的光阴既短促如呵欠，又让人难以捉摸，以至于“我只活在自己部分命里，我最不明白的是生，最不明白的是死”（李亚伟：《河西走廊抒情》第一首）！如此茫然无解的人生状态，自古以来，就为华夏人民带来了有限的学说、教义，还有面目与腰身判然有别的各式行为……而“时飘忽其不再，老晼晚其将及”[1]的内心体验，传自于远古洪荒之际（亦即人与神“两讫”或两相“揖别”的那个时刻），它是中国人心中挥之不去的情绪底色；“遵四时以叹逝，瞻万物而思纷”[2]的内心敏感，遥接孔子“逝者如斯夫”的汶上之叹，在双倍的抑扬顿挫和音声婉转中，将时光的流逝给不只双倍地心理化了。至于对人生短促的慨叹，从古及今，正可谓绵绵不绝，多到了汗牛充栋以至于让人汗流浃背的地步[3]。

作为一个不可变更的事实，生命之短促委实令人惆怅；如果短暂的生命再配之以来历各不相同的万古愁（或千岁忧），势必令人更加难以容忍。在此，人生苦短不能被认作“短”加“愁”的相得之数；它比“短”与“愁”之和还要多出一些东西。在李太白完成万古愁之叹，或无名氏完成千岁忧之叹的千余年后，旅居德国的张枣回应了、接续了出自于古老文明腹心地带的深沉慨叹：

没在弹钢琴的人，也在弹奏，
无家可归的人，总是在回家；
正好应和了万古愁——
（张枣：《与茨维塔伊娃的对话》第11首）

写这组诗的时候，张枣还年轻，其理解力却足够老到与机敏：“万古愁”并非古人无病呻吟，甚至不是“天凉好个秋”的苍凉感及其控制下的无话找话，就能总结和打发。它是家园之忧，是意义之愁，却依然存乎于此岸世界[4]。在此条件下，才有看

[1] 陆机：《叹逝赋》。
[2] 陆机：《文赋》。
[3] 比如“人生天地之间，若白驹之过隙，忽然而已”（《庄子·知北游》）；“河清不可俟，人命不可延”（《后汉书·文苑列传·赵壹传》）；“四时更变化，岁暮一何速”（《古诗十九首·东城高且长》）；“人生处一世，去若朝露 ”（曹植：《赠白马王彪》）；“人生譬朝露，居世多屯蹇”（秦嘉《赠妇诗》）；“感朝露，悲人生！逝者如斯安得停”（陆机：《顺东西门行》）；“丧车相勾牵，鬼朴还相哭”（王梵志：《夫妇相对坐》）；“如残叶溅／血在我们脚上，//生命便是／死神唇边的笑”（李金发：《有感》）；“你是害怕死亡／给我们带来的漫长呢？／还是害怕死亡给我们带来的短暂？”（臧棣：《为什么是蝴蝶协会》）诸如此类，不绝如缕。
[4] 余英时描述过佛教进入中国前中国人对地下世界（彼岸）的认识史，十分精彩。饶

似自相矛盾的行为发生："无家可归的人，总是在回家。"在唯一的此岸，只有无家的人，才会无端端想家，才总是在无端端的想象中回家。而有家的人或每天都在家，或无所谓家，就像鱼无所谓水，更无所谓关于水的种种定义，又何况那些拥有"彼"、"此"两"岸"的人。弃儿或孤儿们有深切的体会：人生苦短并不必然意味着"向死而生"（Being-towards-death），或对于"先行到死亡中去"这个现代观念的鲜明意识，也不必然意味着首先指向死亡（陶渊明所谓的"本宅"[5]），而是指向"妙人儿们"经常称道的"精神家园"。它在邀请某种——而非随便哪一种——价值和意义，前来占有并饱飨苦短的人生；而为人生或生活赋值（Evaluation）[6]，不过是一件古老并且自然而然的事情。即使是作为著名的敌基督者（Antichrist），伏尔泰还是更愿意说：没有上帝，也得再造一个上帝。

在漫长的古典汉诗传统中，首先可以辨识的，是形而下的万古愁。曹孟德诗曰："慨以当慷，忧思难忘。"（曹操：《短歌行》）对此，许慎预先就有表情平易却肌肉结实的解说：作为"难忘"之"忧思"（即万古愁或千岁忧）的出源地，"慷慨"乃"壮士不得志于心也"[7]。这是一种出自于视觉和听觉范围内的感受或经验，给人一种可触摸的踏实感，一种可见、可闻的不安感。这种基于事功的愁（亦即试图利用事功搭建"家园"而不得所产生的忧），存乎于世世代代以至于"万古"的中国人心中，挥之而不去。围绕它组建起来的各种占卜术、算命术、相面术，甚至相"下"部术[8]，被反复证明为颇有效用，安慰了不少失路之人，救济了太多愚夫愚妇。

其次可辨识的，则是名为形而上的万古愁。无名氏留下的《古诗》有云："生年不满百，常怀千岁忧；"李太白则说："与尔同销万古愁。"（李白：《将进酒》）从表面上看，形而上的万古愁（忧）既莫名，又无来由，让诸多没有悟性与灵性的人摸不着头脑，因为它跟具体的事功或事功的实现与否没有干系：它不过是"人类意识到自己生存于时间之上而引起的悲哀"[9]。形而上的万古愁更乐于同人生苦短导出的生命无意义本质长相厮守。就像爱因斯坦哀叹过的："我们这些总有一死的人的命运

是如此，他还是也承认，地下世界不是中国上层文化的主流（参阅余英时：《中国思想传统及其现代变迁》，广西师范大学出版社，2004年，第7–21页）；而李泽厚对只有一个世界的观点论述得十分坚决（参阅李泽厚：《华夏美学》，三联书店，2008年，第196–197页）。

[5] 陶渊明：《自祭文》。

[6] 参阅A.N. 怀特海：《怀特海文录》，王维贤等译，浙江文艺出版社，1999年，第239页。

[7] 许慎：《说文》。

[8] 参阅《哈哈笑·相金加倍》。

[9] 吉川幸次郎：《推移的悲哀》，《中外文学》6卷4期（1977年9月），第25页。

是多么奇特呀！我们每个人在这个世界上都只作一个短暂的逗留；目的何在，却无所知，尽管有时自以为对此若有所感。”[1] 虽然人生苦短是一个简单之极的事实，却能使一切人造的意义（比如上帝、真主和人间天堂），一切被夸饰的价值（甚至是最大的事功生成的价值，比如成为亿万富翁甚或当上了皇帝），在少数敏感者心中既没有说服性，也没有吸引力，却又跟“富贵于我如浮云耳”所指称的道德境界没啥关系。针对某种隐蔽得很好的现实，钟鸣有过近乎于写实性的道白：“哎呀，你们自己打破了头，/像只火鸡，就为了做个上等人。/上等人欠了死囚的钱，空虚地/绑过一票……”（钟鸣：《匪囚之歌》）即使是很体面地“绑过一票”，也不能免于人生苦短这个简单的事实；即使绑票过程中并不存在本该拥有的“空虚”特性，也无损于生命的无意义本质，或人生的无目的性和盲目性。此中情形，正合古波斯诗人海亚姆的颓唐之言：“让我生，对这人世无所增益，/让我死，对它也没有意义。/我的双耳从未听人讲清，/因何让我出生，又因何离我而去。”[2] 虽然形而上的万古愁得自于可以被直观的人生苦短，却不似形而下的万古愁那般备有具体、贴切的所指。它无声、无形、无色、无味，唯有少量敏感之心或寂静之心能听、能看、能触摸和能嗅见。这种样态昂贵、数量珍稀的“愁”，也存乎于世世代代以至于“万古”的中国人心中，挥之而不去，正可谓此“愁”绵绵无尽期——

> 唉，散漫的人生，活到休时，
> 犹如杂乱的诗章草就——我看见就那么一刻，
> 人的生和死，如同一个句号向西夏国轻轻滚去。
> （李亚伟：《河西走廊抒情》第三首）

基于脆弱的人性，尤其是基于对人性脆弱的常识性理解，两种万古愁都愿意支持及时行乐的人生态度，连志在“周礼”与天下大同的夫子，都有“食不厌精，脍不厌细”、“割不正不食”的穷讲究[3]，又何况那么多的二等圣人、寨主与山大王。但这仅仅是因为放纵欲望和渴求德行上的升华，同属于人的本性与本能[4]，犹如自相矛盾的“之”（to go）、“止”（to stop）两义被同一个古“诗”字所包纳。唯美并颓废着的邵洵美道出了其中的部分真谛：“人生不过是极短时间的寄旅，来也匆匆，去也匆匆，决不使你有一分钟的逗留，那么眼前有的快乐，自当尽量去享受。与其做一枝蜡烛焚毁

[1] 爱因斯坦：《爱因斯坦文集》第三卷，许良英等编译，商务印书馆，2010 年，第 55 页。
[2] 海亚姆：《鲁拜集》第 26 首，张鸿年译，湖南文艺出版社，2001 年，第 6 页。
[3]《论语·乡党》。
[4] 参阅弗洛伊德：《弗洛伊德论美文选》，张唤民等译，知识出版社，1987 年，第 25–60 页。

了自己的身体给人家利用；不如做一朵白云变幻出十百千万种不同的神秘的象征，虽然会散化消灭，但至少比蜡烛的生命要有意义得多。”[5] 恰如邵氏所言，既然被剥夺了建功立业的机会而“不得志于心”，饮酒作乐、努力有趣地填充空白岁月和人生，就是合乎逻辑、合乎人性的选择，更是划算而没有折扣可打的选择，所谓“夫为乐，为乐当及时”（汉乐府《西门行》）[6]。生命的无意义本质意味着：体察到这一本质的有心人向外找不到绝对者（比如上帝）做靠山而不免于孤独，向内唯有不可仰赖的心性做凭恃而不免于进退失据，恰如翟永明近乎于无望的慨叹：“岁月把我放在磨子里，让我亲眼看见自己被碾碎。”（翟永明：《女人·母亲》）面对这等惹人恼怒的境地，“拂衣而喜，奋袖低昂，顿足起舞，诚淫荒无度，不知其不可也”[7] 的难堪结局，也是合乎逻辑、合乎人性的选择[8]。看起来，两种万古愁既愿意支持华夏古人的睿智之言：“更可怜人生如寄，唯当行乐；”[9] 也真心信奉叔本华的座右铭：“人生最大的真理是及时行乐。”[10]

即使形而下的万古愁真的具有杀伤力，甚或致命性，却并非不可逆转、不可解决，因为它在凡间人世拥有解药或抵偿物。所谓抵偿物或解药，就是能让孩子停止哭闹的那块方糖，那把玩具手枪，或那次海盗船游戏。它暗示的，是形而下的万古愁具有及物性，与万物阴阳对举、五行相生相克的素朴原理正相契合，亦即俗语所谓的“一物降一物”。面对这种层次较浅却也能致命的万古愁，志在事功的曹孟德早就给出过解决方案（即解药或抵偿物）：“何以解忧？唯有杜康。”（曹操：《短歌行》）[11] 更多的人愿意相信，形而下的万古愁可以在“醉乡”中得以解“除”，至少也可以假装或自我欺骗式地得以解“毒”[12]。“借酒浇愁”的俗语在指出“愁更愁”的一般性结

[5] 邵洵美：《贼窟与圣庙之间的信徒》，《火与肉》，上海金屋书店，1928年版，第59页。
[6] 参阅敬文东：《失败的偶像》，花城出版社，2003年，第67–86页。
[7]《汉书·杨恽传》。
[8] 实际上，达则兼济，不达则独善等要求，即使在人生苦短、壮志难酬的情况下，也不失为执著、悲壮、积极的追求——这是无神的华夏文化的主流，令人肃然起敬（参阅李泽厚：《中国古代思想史论》，人民出版社，1985年，第7–51页）。但本文更关注华夏文化中与主流相伴生的潜流，即以及时行乐为主打特征的颓废特质，考察它给中国诗歌（尤其是现代汉诗）带来了什么，因此，不论及华夏文化或古代汉诗和现代汉诗的主流。
[9]《北史·韩凤传》。
[10]《叔本华文集》，钟鸣等译，中国言实出版社，1996年，第234页。
[11] 汉乐府《善哉行》有“以何忘忧？弹筝酒歌”之句，陶渊明也有“酒能祛百虑”的名言（陶渊明：《九日闲居》），恰可成为曹氏“吾道不孤”的参证。
[12] 但曹孟德的醉乡，不同于王绩“醉乡氏之俗，岂古华胥氏之国乎？其何以淳寂也如是”（王绩：《醉乡记》）的醉乡，后者指的道家的小国寡民，显然不是曹孟德之意。

局时，也预先承认：酒是忧愁者可以选用的抵偿物，甚至是首选的解药，否则，就没有或无所谓“愁更愁”。但要彻底祛除形而下的万古愁，让愁者免于郁郁而终的惨境，唯有时来运转以及围绕时来运转组建起来的什物，方可差堪胜任，所谓东山再起，或“柳暗花明又一村”。随着最好的解药（即时来运转等）发挥效力，酒早已转换了身份，更改了角色。它不再是抵偿物，而是喜庆的琼浆，是液体鞭炮，又岂止区区一个“白日放歌需纵酒”可堪比拟。很不幸，世上从来不存在跟形而上的万古愁相对称、相对仗，或相互押韵、暗送秋波的抵偿物；在仅有的此岸世界，在没有拯救可资凭靠的情况下，这种形态的万古愁连长相及格的反义词都很难找到，又何况可以束缚它甚或扼杀它的解药。它是孤单、孤绝的愁，是愁本身，是愁的加急形式，具有不可遏制的非及物性。形而上的万古愁整个儿都是空的，它被人生苦短的意识或观念给预先掏空了，有如《圣经》加重了语气或喘着粗气的言说：“虚空的虚空。虚空的虚空，一切都是虚空。”[1]而它指称的生命无意义本质却像幽灵一般，存乎于每一个无奈、敏感之人遭逢的每一个敏感、无奈的时刻。

虽然及时行乐确有人生苦短、时不我待的紧迫感暗藏其间，所谓“为乐当及时，何能待来兹”（《古诗十九首·生年不满百》），所谓“我又饱又暖，凭什么／不思议一下淫欲”（宋炜：《土主纪事》）？但它更是解决万古愁的上佳工具，是填补空白岁月的封土，埋葬或回填了岁月的尸骨，因而为两种形式的万古愁所拥戴。不用说，完全无所事事地活着，远比生命的无意义本质还难忍受，更不用说事功未遂带来的愁苦与烦闷。形而下的万古愁因为怀揣着自身需要的及物性，终归有解决的办法，至少存在着解决的可能性。而凡是可以得到医治的疾病，都比真资格的疾病少一点东西，如同男人少了某个物件，就变身为太监或汉奸。可以被医治的疾病甚至不配自称疾病，尤其不得自称疾病后还居然自暴自弃，因为作为解药的主流价值一直在等候它康复，指望它痊愈；形而上的万古愁却因抵偿物（或解药）的永久性缺失，因其虚空特性导致的不治之症，让它更有能力——事实上也更愿意——变身为颓废的实质与核心，与颓废长相厮守共存亡。形而下的万古愁顶多是一种弱的颓废，是颓废的影子或回忆版，等同于颓废的郊区或城乡接合部，仅仅是构筑颓废时偶尔被征用的边角废料，有废物利用的性质，因为它至少相信事功是有价值、有意义的，是尘世间值得追求的东西，可以为慷慨之士构筑自以为稳固的“精神家园”，以至于能够涉足甚至进占被不朽严加看管的禁地。“匈奴未灭，何以家为？”[2]此时此刻，及时行乐早已成为事功的羁绊，需要被摘除，因为它消磨、软化了建功立业需要的那种意志——比如娶了孙小妹的刘玄德。“坐而论道谓之王公，作而行之谓之士大夫。”[3]事功急需要跟“硬”有关的

[1]《圣经·传道书》1:2。

[2]《史记·卫将军骠骑列传》。

[3]《周礼·冬官考工记》。

一切（比如硬心肠），并且“越”大的事功，“越”需要“越”硬的东西。

在古典汉诗漫长的慨叹传统中，形而下的万古愁比形而上的万古愁拥有更多登台亮相的机会，但那不过是因为将彻底的颓废——亦即彻底的人生无意义本质——推进到底的诗人和诗作既稀少，又难得，还有点强人所难。更多的人在生命无意义本质的周边徘徊、犹豫、举棋不定，犹如某首川北民歌之所唱：“本想寻个短见死，又恐将来有好处”；更多的诗篇则在人生苦短的边缘地带张望、窥探，比如李太白及其“仰天大笑出门去”和“明朝散发弄扁舟”。对于此中境况，张枣有过上好的描述：“他隔得更远，但总在/某个边缘：齿轮的边上，水的边上，他自个儿的/边上……”（张枣：《边缘》）——但首先是“他自个儿的边上”。罗兰·巴特说得好：“不是要你让我们相信你说的话，而是要你让我们相信你说这些话的决心。”[4]毕竟主要由形而上的万古愁充任其实质与核心的颓废，才更可能接近于孤寒、高峻的“决心”。

玛利安·高利克说得很放松：“作为一种人类存在就广为弥漫的情绪，颓废有着悠长的传统。”[5]但那仅仅是因为对人生苦短的体验，尤其是对生命无意义本质的勘探，至少有着同样“悠长的传统”；并且，越是过早成熟的文明，越倾向于过早滋生颓废的情绪，因而越具有“悠长的传统”——夫子之叹只是一个质朴、简单的证据，却并非不足为训。作为现代汉语中一个“不知从何时”起、“也不知何人首创”的“坏字眼”[6]，颓废既非戈蒂埃认为的“乃老迈文明西斜的太阳所致”[7]，也非中国古人从道德－伦理角度所断言的精神萎靡、意志消沉[8]，更非勃兰兑斯指斥的忧郁情结和厌世情绪[9]，也不是保罗·魏尔伦对颓废的咏诵：

我是颓废终结时的帝国
看着巨大的白色野蛮人走过
一边编写着懒洋洋的藏头诗
以太阳的疲惫正在跳舞之时的风格[10]

[4] 罗兰·巴特：《批评与真实》，温晋仪译，上海人民出版社，1999年，第72页。
[5] 玛利安·高利克：《中西文学对峙中的颓废主义》，王燕译，《中国现代文学研究丛刊》2009年第1期。
[6] 参阅李欧梵：《漫谈中国现代文学中的“颓废”》，《今天》1993年第4期。
[7] 转引自马泰·卡林内斯库：《现代性的五副面孔》，顾爱彬等译，商务印书馆，2002年，第176页。
[8] 参阅《后汉书》卷四十八。
[9] 参阅勃兰兑斯：《十九世纪文学主潮》第一分册，张道真译，人民文学出版社，1997年，第33–40页。
[10] 魏尔伦：《衰竭》，转引自马泰·卡林内斯库：《现代性的五副面孔》，前揭，第184页。

当然，颓废也不完全认同今人解志熙对它的素朴描述："所谓'颓废'，即觉悟到人生乃是生命力（或求生意志）在本能冲动中自我耗竭、必趋死亡的衰颓过程。在这种颓废意念中，人生成了毫无意义的徒劳和毫无价值的虚无。"[1]跟诸如此类的"诽谤"言论和"抹黑"之辞大异其趣，玛利安·高利克更愿意将颓废定义为一种不合作的态度，一种心态，"一种对抗"[2]。对抗得以成立的唯一凭靠，就是生命无意义本质具有所向披靡的力量：在它面前，一切貌似强大、坚硬的实有，终将化作松松垮垮的乌有。韦勒克说，被普遍认作颓废者的戈蒂埃，其公众形象建立在"一位落拓文人深切地感受到与当世布尔乔亚社会相暌离"的基础之上[3]。所谓"相暌离"，就是和主流价值（比如"布尔乔亚社会"的价值观）拉开距离、偏离航道，就是玛利安·高利克暗自称颂的"对抗"。但"落拓文人"一词显得既严重，又轻慢：它夸张了颓废者在普通人心目中蓬头垢面的形象，也夸大了他们在公众想象中无精打采的神态与造型。乐于在毒品和颓废之间建立某种幽暗联系的韦勒克不愿意承认，或者不好意思承认[4]："真正的颓废主义者，恰恰是那些多多少少有些飞扬跋扈的人……与颓废主义者形成鲜明对照的，是那些真正的无精打采者、破罐破摔者和蓬头垢面者。他们是因为高歌猛进的势头被打断后，才做出这副悲惨兮兮的模样的……这类人一旦被他人或者命运掐断了支撑高歌猛进的生长点后，悲痛欲绝的神态就出现了。"真正的颓废者"只愿意成为这个时代的旁观者"，因而"是笑着的失败者"[5]。"不得志于心"的主通常只会惨笑、苦笑、冷笑，或皮笑肉不笑，却没有开怀之笑。开怀之笑需要能量，需要心劲——这都是"出膏以自煮"般的内在之物。不用说，颓废者都是内心整洁有力的角色，不是衣着邋遢、神情萎靡的"落拓文人"，也不被"落拓文人"任何一种可能的内涵所界定，所劫持。

考虑到对生命无意义本质的敏感体认和深入体验，颓废就是一种近乎于无声、无形、无色、无味的心理图式，是杰姆逊所谓的"认识测图"（cognitive mapping），但更是一种人生态度，一种观察世界的角度，至少也为这种角度从心理上奠定了基础。恰如玛利安·高利克暗示的，主动疏离才是颓废（者）的第一性征。因为人生苦短，因为生命的无意义本质，世上一切被宣扬与追捧的价值与意义要么善意而虚假，要么

[1] 解志熙：《美的偏至》，上海文艺出版社，1997 年，第 87 页。

[2] 玛利安·高利克：《中西文学对峙中的颓废主义》，王燕译，《中国现代文学研究丛刊》2009 年第 1 期。

[3] 韦勒克：《近代文学批评史》第三卷，杨自伍译，上海译文出版社，1997 年，第 34 页。

[4] 参阅薛雯：《颓废主义文学研究》，上海人民出版社，2012 年，第 5 页。

[5] 敬文东：《用文字抵抗现实》，昆仑出版社，2013 年，第 204 页、第 208 页。

自欺欺人。无意义本质总是与各种价值、意义处于相持状态，其成其败，取决于心性，取决于某个人有没有能力或胆量视“有用全都没用”（韩博：《馄饨浮南山》）。因此，是否主动疏离富有蛊惑力的俗世前程与功名，就是真假颓废的试金石。和“不得志于心”的“有志”者不一样，颓废者之所以以生命的无意义本质为凭靠，不愿意出将入相，遗弃破虏平蛮之功，主动放弃建功立业的机会，不仅是因为这等俗世的功业无甚价值，而且人为物役，既无生趣，又无自由。对此，庄子感慨万千：“自三代以下者，天下莫不以物易其性矣！小人则以身殉利；士则以身殉名；大夫则以身殉家；圣人则以身殉天下。故此数子者，事业不同，名声异号，其于伤性以身为殉，一也。”[6]与庄子感叹的情形刚好相反，许由（一说巢父）闻听让天下于己的不洁之言用水洗耳[7]，仲长统“逍遥一世之上，睥睨天地之间。不受当时之责，永保性命之期”，又“岂羡入帝王之门哉！”[8]晋人孙子荆为洁身自好不惜漱石枕流[9]……庄子自己呢？他“宁游戏污渎中自快”，也“无为有国者所羁，终身不仕”[10]。凡此种种，既不是“落拓文人”的塌败之举，更非“自我耗竭、必趋死亡的衰颓过程”所能描摹与刻画。而在此基础上及时行乐，意味着把空白的日子填满，将无意义的人生不失尊严地打发，却不屑于有志者“玩物丧志”的诋毁之言，诚所谓“若复不为无益之事，则安能悦有涯之生”[11]。即使碰巧建功立业、匡扶天下，也是顺带的、顺便的，纯属无事找事，或兴趣上来后的“狗拿耗子多管闲事”，根本上类同于“无益之事”，与立功而争取不朽境地的儒家人生目的论没啥干系[12]。对此，梭维斯特有善解人意之言：“既然这是大家的节日，我愿它也是我的节日”[13]——无奈之情溢于言表。也恰如今人赵野轻缓地咏诵：“我知道你的胸怀，铁马金戈 / 明月朗朗，言辞上了路 / 你知道我的一生，悄然将虚度。”（赵野：《有所赠》）这就是笑着的颓废者遵从的戒条：光阴本来就是用于虚度的。明人张大复为赵野及其同党，提前开出了如何虚度一生的妙方：

> 一卷书，一尘尾，一壶茶，一盆果，一重裘，一单绮，一奚奴，一骏马，一溪云，一潭水，一庭花，一林雪，一曲房，一竹榻，一枕梦，一爱妾，

---

[6]《庄子·骈拇》。

[7] 参阅蔡邕：《琴操·河间杂歌·箕山操》；参阅皇甫谧：《高士传·巢父》。

[8] 仲长统：《昌言》，参阅《后汉书·仲长统列传》。

[9] 参阅刘义庆：《世说新语·排调》。

[10]《史记·老庄申韩列传》。

[11] 张彦远：《历代名画记》卷二。

[12]《左传·襄公二十四年》：“太上有立德，其次有立功，其次有立言，虽久不废，此之谓不朽。”

[13] 梭维斯特：《屋顶上的哲学家》，黎烈文译，文汇出版社，1997 年，第 12 页。

> 一片石，一轮月，逍遥三十年，然后一芒鞋，一斗笠，一竹杖，一破衲，到处名山，随缘福地，也不枉了眼耳鼻舌身意随我一场也[1]。

值得所有颓废者欣慰的是，如此形态的及时行乐至少还有“乐”在，至少在某个尺寸有限的范围内其乐融融，既不可让渡，也不能兑换。“乐”虽然不可能抵偿生命的无意义本质，无法消解形而上的万古愁，但它能遣散生命的无意义本质及其虚空特性，能打发形而上的万古愁于无形之中，让颓废者（而非落拓文人）配得上博尔赫斯隐隐约约的骄傲之言：“我渡过了海洋……”（博尔赫斯：《我的一生》，陈东飚译）

颓废和颓废者的精神底色顶好是唾弃，最好是蔑视。唾弃显得外在、动静过大，浪费了口水的物质性和重；蔑视则隐蔽、无声，显得更有力道和韧劲，仰赖的是目光的精神性和轻[2]。钟鸣笔下某个远征的小卒子在欢快和轻松中，直接将轻和精神性给声音化，给戏谑化了。他喊道——

> 皇帝老儿，我操你妈！
> 一颗头挂进了竹笼
> 一粒米大的牙齿
> 一具活剐的肉身
> 那告示上的是我的兄弟呀
> （钟鸣：《尔雅，释君子于役》）

洛仑兹对劝告他服务于第一次世界大战的游说者说，我同意你权力胜过正义的观点，“但我确实知道，我不愿意活在这样的世界上！”[3]这是通常意义上的蔑视，或蔑视的基本造型，却不属于颓废者，因为洛仑兹还有正义的世界可资期待。米沃什写道：“这世上没有一样东西值得我占有。/我知道没有一个人值得我羡慕。/任何我曾遭遇的不幸，我都已忘记。/想到故我今我同为一人并不使我难为情。”（米沃什：《礼物》，西川译）这是通常意义上的蔑视以及蔑视的一般性造型，也不属于颓废者，因为米沃什对已有的功业很满意，既未虚度主流价值定义下的此生，也没有必要让自己或主流社会更满意。属于颓废者的蔑视是藏于内心的斜视，是目光闪电。它可以拐弯，可以慢慢炙烤它瞄中的目标，直到后者坍塌、沦陷。蔑视是颓废者主动疏离俗世勋业的精神依靠，也是他得以与世“对抗”或“相暌离”的力量源泉。初看上去，颓废者的蔑视是生命无意义本质的派生物，但更应该说成陪伴生命无意义本质慢慢成长起来

[1] 张大复：《梅花草堂笔谈》。
[2] 参阅敬文东：《论叹息》，《东吴学术》2016 年第 4 期。
[3] 爱因斯坦：《爱因斯坦文集》第三卷，前揭，第 177 页。

的弟弟或妹妹；或者：生命的无意义本质需要自己的镜像，以便自己观察自己，于是有了蔑视，宛如上帝说“要有光，于是有了光”。蔑视借助于、依托于无意义本质拥有的力量（而非正义的力量，或自己满意的功业带来的力量），最终，还体现和加固了这种力量。颓废本身不可能成为颓废者追逐的意义，形而上的万古愁也无法成为颓废者的价值之所在，及时行乐如果仅仅跟肉体（比如口福之乐）相连，就不比愚夫愚妇甚或动物更高级。蔑视挽救了这种恼人的局面。和波德莱尔、王尔德、邵洵美等现代社会中以“唯美”为形态的阶段性颓废者不同[4]，真正的颓废者从不为蔑视而蔑视；他更愿意从蔑视中，抽取生存下去的价值和意义。颓废者的蔑视意味着：当一个斜视的眼神（或目光闪电）摧毁了那些自以为是、自我恭维，甚或自我加冕的意义与价值后，在一片废墟上，在类似于无物之阵的荒原中，将蔑视本身——亦即人生无意义本质的镜像——确立为价值与意义。蔑视是一个个大小不同的微型世界，是可供某些敏感者容身的宅屋，安抚着他们的“眼耳鼻舌身意”，却仍然矗立于唯一一个此岸世界。对于洛仑兹和米沃什，蔑视也许只是达成信念的手段；颓废者的蔑视却不仅是手段，还是目的；既是用，也是体。蔑视既靠生命无意义本质给予的力量以睥睨俗世、俗物，又以自己的存在，勉力填补了颓废者面临的价值空位，占用并饱飨着颓废者苦短的人生，也为肉体性的及时行乐，赋予了肉体以外和肉体之上的灵韵。这情形宛若加缪所言：在荒诞的世界上，唯有用身心承担荒诞，才能从荒诞中捞取有意义的人生，或人生的意义[5]，也才更有可能找到陀思妥耶夫斯基渴望中的那条“活路”，却又不必是自杀性的饮鸩止渴。

就颓废问题饶舌了“大”半天后，马泰·卡林内斯库得出了一个“小”结论：“颓废因而成为世界终结的痛苦序曲。颓废得越深，离最后审判就越近。”[6]很显然，卡氏描述的，是西方文明中的颓废及其命运。他可能不理解华夏文化中过早生长起来的蔑视精神；夫子伟业遭挫时“乘浮桴于海”[7]的宣言、避居“九夷”[8]的气话，是发生在此岸世界的事情，不会存乎于卡氏及其族人坐拥的两个世界（即现实世界和彼岸世界）。“最后审判”可能与戈蒂埃、波德莱尔或萨德、爱伦·坡有关，与孔子或“游

[4] 解志熙对这种阶段性的唯美性颓废有过精辟的分析：“在颓废主义者看来，只有对人生和艺术采取唯美的态度，即为生活而生活、为艺术而艺术，他们才能度过颓废的人间苦并可望在生命的颓废途中获得最大的个人享乐。所以颓废主义者必然会走向唯美主义，而不论颓废也好，唯美也罢，出发点和落脚点都贯穿着‘唯我是从’的个人主义思想。”（解志熙：《美的偏至》，上海文艺出版社，1997 年，第 184 页）

[5] 参阅加缪：《西西弗神话》，杜小真译，人民文学出版社，2012 年，第 59–75 页。

[6] 马泰·卡林内斯库：《现代性的五副面孔》，前揭，第 163 页。

[7]《论语·公冶长》。

[8]《论语·子罕》。

心于物之初"[1]的老子无涉；在老子和孔子的此岸，没有用作威胁的"最后审判"，只有功效类同于"最后审判"的蔑视。但蔑视之所以能给颓废者提供能源，是因为在颓废（者）和蔑视之间，存在着一种彼此催生或彼此激发对方力量的情形：颓废得越彻底，意味着越靠近生命无意义本质构筑的虚空地带，蔑视就越有力量；蔑视得越彻底，意味着斜视的目光——或目光闪电——越接近自身的极寒地带，颓废便越有底气，颓废者则越拥有飞扬跋扈所需要的精、气、神[2]，恰如罗伯特·瓦尔泽所言："如果有一天，一股潮流将我卷起，带到人生的最高点，我将自行消解这股帮助我向上的力量，毫不犹豫地往回走，回到最低下、最卑微的黑暗之中。只有身处低处，我才能继续呼吸。"[3]

宋炜写道："这是多年未得的乡村生活，绿水青山 / 枉自多，只因为我们正好赶上了 / 封山育林，河中也忌网禁渔。但我还是要说 / 在土主，在白衣仙人的山上，高尔夫算个球呀！"（宋炜：《土主纪事》）高尔夫不仅"算个球"，而且必然首先是个"球"，却又不止于或不甘于只是个"球"。它更愿意成为富贵的象征或明喻，事功的花冠或装饰：它是被追捧的主流价值包养的二奶，驻颜有术，永不衰老。而最后这句"不雅"之言，这句摇头晃脑、满不在乎，又充满调笑（而非挑衅）的经典"川骂"，伙同锋利的语气助词（"呀"），则见证了蔑视和颓废（者）相互营养对方后，带来了何等酣畅淋漓的原始野蛮之力，为一个轻描淡写的眼神带来了何等霸气的力道（因而没有挑衅的容身之地）。李亚伟先如此这般总结前人的颓废经验："一个男人……再穷也要娶小老婆，/ 像唐朝人一样生活，在坐牢时写唐诗，/ 在死后，在被历史埋葬之后，才专心在泥土里写博客。"（李亚伟：《河西走廊抒情》第二首）然后，才代表他的同行与同伙，表达了颓废到底的决心：

[1]《史记·老子韩非列传》。

[2] 费振钟就魏晋颓废者和明代颓废者有过区分，大致能说明蔑视的不同来源："魏晋文人在对待自己的个人价值上，一意往'大'处看，立身处世、饮食男女，在其个人性的背后都有一个'自然之大道'，这样一来，他们就可以不把圣贤放在眼里，就可以傲视天下，做出许多桀骜不驯的狂态来。明代文人恰恰相反，他们总是把自己往'小'处看，在他们心里，个人是极其渺小的，他们生活在一个无能为力的世界当中，人生贫乏，一切都不值称道，他们因为找不到有力的庇护之道，所有显得十分虚弱"，往肉欲和享乐的方向奔去，就是合乎逻辑的事情（费振钟：《堕落的时代》，上海书店出版社，2007 年，第 72-73 页）。

[3] 转引自恩里克·比拉－马塔斯：《巴托比症候群》，蒋琬梅译，上海人民出版社，2015 年，第 33 页。

唉，水是用来流的，光阴是用来虚度的，
东方和西方的世界观，同样也是用来抛弃的
（李亚伟：《河西走廊抒情》第十四首）

图书在版编目（C I P）数据

汉诗·六口茶 / 张执浩执行主编. -- 武汉 : 长江文艺出版社, 2017.5
ISBN 978-7-5354-9627-0

Ⅰ. ①汉… Ⅱ. ①张… Ⅲ. ①诗集－中国－当代②诗歌评论－中国－当代 Ⅳ. ①I227②I207.22

中国版本图书馆CIP数据核字（2017）第074614号

责任编辑：沉　河　谈　骁　　　　责任校对：陈　琪
封面设计：祁泽娟　　　　责任印制：邱　莉　　胡丽平

出版：长江出版传媒　长江文艺出版社
地址：武汉市雄楚大街268号　　邮编：430070
发行：长江文艺出版社
电话：027—87679360
http://www.cjlap.com
印刷：武汉新鸿业印务有限公司

开本：720毫米×1020毫米　1/16　　印张：18.25
版次：2017年5月第1版　　2017年5月第1次印刷
行数：8400行

定价：36.00元

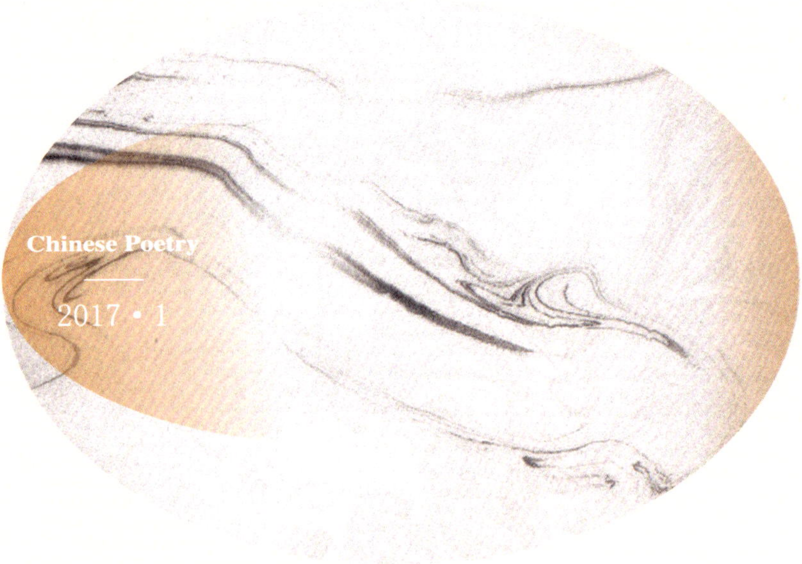
Chinese Poetry
2017 • 1